DES CORNICHONS AU CHOCOLAT

酸黃瓜巧克力

Philippe Labro

菲立普・拉布侯——著　黃琪雯——譯

國內名家佳評推薦

被標籤化的人生一直是青少年自我探尋的魔咒，關於人生的方向，好與壞都不該是別人給的定義。菲立普・拉布侯筆下的女孩史黛芬麗，不甘於被社會價值定型，即便孤獨不安也得靠自己的智慧去和世界磨合，校園如農場，各式各樣特異獨行的生物，給溫暖、給傷害的，都是嶄新生活的挑戰與自我安頓。如何活出真我的風采，如何心平氣和地與傷害相處，成為一個更成熟懂事的少女，我想，這部小說樸實無華地給予青少女們迷惘處提燈的燦光與指引。

——新北市立丹鳳高中圖書館主任・作家 **宋怡慧**

長大的代價就是：將「還沒長大」變成一句髒話，否認青春的自己，也否認將青春拈在心尖的書寫。《酸黃瓜巧克力》中譯版的面世，迫使我們重新逼視：成長文學之所以不會過期，正是因為它狠狠地超齡。長大，從來不是我們以為的加法，而是無休的減法——從女孩減為女人、從善良減為邪惡、從簡單減為複雜，那些想偷偷砍掉重練的，這本書都將替你擲回眼前。

——作家 **楊婕**

原諒我，我們男生真的不懂女生在想什麼？偏偏，我們身邊有許多「史黛芬麗」，可能是自己的親人、朋友、學生等。從「生理」上，我們理解「月經」怎麼一回事，也知道女生這幾天會很不舒服。再暖一點的男生，會為女生泡個熱巧克力之類的。但從「心理」上，我們卻一無所知，只能簡化為「心情不好」。

《酸黃瓜巧克力》透過史黛芬麗的青春札記，記錄她對生理期的渴望與焦慮，月經沒來，她覺得自己是女孩，同學是女人；她覺得煩惱是女孩的事，只要成為女人，煩惱就不在了。最後，她等到了，卻也領悟了：「只有當我們受苦時，才有權利來月經，因為這應該有點像是某種補償。」對，那些女生的成長煎熬，如果沒有《酸黃瓜巧克力》，我們這些木頭，是不會明白的。

——Super 教師・暢銷作家 **歐陽立中**

給亞歷桑塔

1

今天早上在農場，茱麗過來的時候，整個人緊張兮兮的。她對我們說：

「我終於也來了！」

我望著茱麗，想要確認她有沒有因此而有什麼改變。沒錯，她整個人緊張兮兮的，可是我沒發現有什麼地方不一樣——除了她在操場和其他人說話的時候，表情看起來超級自豪，好像贏了比賽或什麼的。我爸在簽下大筆合約之後，和他兩名合夥人一起拍的照片，臉上就是那種表情。是說，他們每個人的臉都從一耳朝著另一耳的方向裂成了兩半，那並不只是因為有攝影師在場的關係，我們都明白，他們確實很開心。

茱麗看起來就是那樣。我默默地在心裡數了起來：蘇菲、娜塔麗、瓦樂麗，再加上茱麗，現在我認識的女孩子當中就剩我還沒來了。算全班的話，估計應該還有兩三個也還沒來，可是呢，這件事又不能拿出來跟大家說，畢竟會發生什麼事，誰也不會知道。不過，所有我認識的女孩子，無論是不熟的或很熟的，根據計算的結果，幾乎只剩下我一個人還沒來，這讓我簡直像被剝掉一層皮。

（我擬了一份清單。人都是在擬清單的時候，才會發現自己在第一時間內沒注意到的事情，可是這並不代表那些事情後來就會明白，總之有清單就是有幫助。當晚，我在「已經來了的女生」清單上，加進了茱麗的名字。我確認過，在還沒有來的那一部分，幾乎只有我一個人而已。）

反正這一早，在農場，所有一切都剝了我一層皮。雖然不能說農場本來就不好玩，可是老實說，這個早上……我先來說明一下，我們都叫學校「農場」，因為覺得這個名稱比「國中」還來得真實：農場裡有動物，有羊、有鵝（就是我們），他們就是把我們當成動物，而且每個人都哞哞叫。哞啊哞的！大家也咕咕叫，咕咕咕的……還有蠢蛋與頭腦簡單的傢伙。他們把我們當牛一樣圈起來養。唯一的差別就是我們不用被擠奶，除此之外就沒什麼不同了。我們就是小牛，而老師——除了一兩個之外——就跟農夫一樣，他們總是一起看顧我們，從來就不會進行個別關心，也從來不正眼看我們，在他們的眼中，我們就只是牛群罷了。

我再說一次，儘管大家叫它農場，我們也覺得好笑，可是其實更像地獄。

這個早上，我沒有一科趕上進度，考試也拿鴨蛋，我只能站著不動，連續讓兩個老師罵我。我被罵到都哭了，眼睛好痛，要求老師讓我去保健室，可是老師不准。

最後，我使出了昏倒一招。我閉上眼睛，努力屏住呼吸，直到頭暈，從椅子上摔下來為止。結果還真的有效，我被送去了保健室。

我們的校護老是換人，不過目前的這一個我已經認識了。她問要不要打電話給我爸媽，我說可以試試，但他們從來不在家。那麼打到上班的地方呢？她問我。我說，我媽沒上班，而我爸從來就不在巴黎。她一臉洩氣，我跟她說沒關係。

「等一下就會好。」

她讓我獨自待著。有那麼一會兒，我覺得很舒服。在我的「感覺還不錯的時刻」清單之中，我想我可以把這個時刻加進去。整間保健室是空的，沒有人在我的周圍大喊大叫。我吸著校護放在湯匙上的那塊方糖與薄荷藥水。含著湯匙，我望向窗外，看見了幾隻小鳥，我想是三或四隻吧。牠們幾次飛來操場上的樹木前。這樣的時刻並不讓人覺得討厭。我試圖跳過窗戶，想進入牠們之間，可是我跳不過。要跳過窗戶，需要很努力地集中精神，可是剛才我裝昏倒時，已經耗掉了大量的氣力，所以只能待在窗戶的這一邊。

其實當我拚命地集中精神時，偶爾會有辦法站在事情的另一面，讓自己與那些不會不幸的人事物在一起。雖然每次只有一下下時間，但還是很棒。而最好的，就是加入了所有會飛的東西（不一定是鳥）。

有一次呢，我像這樣成功地待在那架飛過巴黎凱旋門上方的飛機裡。我從家裡就看見那架飛機，因為我們住在十七區，不過是十七區的北方，也就是朝克利希廣場的方向開始往上走的那裡。我們為了要看見很多的東西，特別是凱旋門，所以住在滿高的一棟樓裡，而且住的樓層也高（九樓）。所以我看見了那架飛機，然後花了絕對是巨大的心力集中精神，結果待在那架飛機裡大概有四、五分鐘這麼久。

這真的很不可思議，我完全感覺不到自己是在家裡，而且還是一個人舒舒服服地坐在一張紅色的扶手椅子上。我身上可是沒有發生過如此震撼的事，於是呢，這件事便加進了我的「重要時刻清單」之中。

現在，我好像與保健室的那些鳥兒錯過了，因為牠們沒有飛回來。牠們就像這樣一兩次地飛來，無論你能不能加入牠們行進中的飛行，牠們都只會給你一次機會，而不是兩三次，然後就飛走了，拜拜下次見囉。

我很清楚要是自己把這些事情說出來，他們會要我接受測驗，看看是不是精神失常，所以除了葛芬柯以外，我不會跟任何人說的。葛芬柯呢，什麼都懂，也跟我一樣瘋癲。我晚一點再談牠。

話說回來：那些鳥兒沒有再回來。於是我又想著班上的那些女生，也又開始了算數，我得承認，這件事讓我非常煩惱，心裡不斷地想著這件事。我每天會去十五次的廁所，媽媽問我在廁所裡做什麼，爸爸說我可以拿到世界盃衛生紙使用量冠軍，我擦了又擦，有時還破皮流血，痛得要命，可是那根本不算什麼，不是我期待的那種血。顏色太粉了，根本就不是那個，而且也沒持續地流。不過這也可以讓你們知道，我心裡是有多麼在意這件事。

所以呢，那些女生——我相信裡頭一定有兩三個在吹牛。誰知道啊，每個人都會吹牛，也都會撒謊，就連我們這個年紀的女生也一樣。我年紀還小的時候，以為只有做爸媽的會撒謊，可現在我明白所有的女生多多少少都會。男生我不知道，因為從來不跟他們說話，除了一個叫鮑布羅的。他這個人呢，如果不是一直撒謊的話，就是有事情不告訴我，我很肯定他有個祕密。

就連我也會撒謊，不過不會對自己撒謊。一個人的時候，我不會吹牛。要是我寫了一些東西，或是開始寫這本筆記簿，就是為了讓現實停止，就跟電影院或是電視停止影像放映一樣，而我要停止的是現實。

不過這不是理由。回來說那些女生吧。當我認真算了又算時，有個東西讓我非常受不了，那就是菲麗俱樂部——菲麗，也就是蘇「菲」、娜塔「麗」、瓦樂「麗」與茱「麗」，她們這幾個女生什麼都有！我是第五個菲麗，因為我叫史黛芬「麗」。將來可得要有人跟我們解釋一下，為什麼我這個年紀的女生爸媽非得給我們取個以「麗」或「菲」結尾的可笑名字。我沒聽過比這兩個字結尾更醜、更平庸的名字了——或許除了維珍麗以外吧。維珍麗這名字也是跟我們同一級的，可是更糟糕，農場裡有一堆的維珍麗。

當我們出生的時候，他們並沒有認真思考，或者說，那是他們不經意的結果。一定是有某種東西硬是讓爸媽們選擇這些名字，讓他們做出或說出可能違背心意的事。這些名字都押同一個韻，可是那些做父母的根本不知道，他們取出這些名字，就像在跟其他父母聯合譜寫一首樂曲一樣。

為什麼我會這麼說？總之，我就是這麼發覺，可是沒有向誰提過，畢竟要了解這樣的事，所要用到的集中力簡直就跟要跳到窗外所需的力氣一樣，我覺得一旦要和人談論這種事，反而會惹出更多麻煩。要是我開始談論這些，也就是談論某些人的作為是在跟別人一起譜寫樂曲時，一定會被其他同學笑，所以我覺得還是不要說出來比較好。我不想被當異類，但我又覺得很孤單；我不想要這樣，我已經夠孤單了。

於是，我嘗試做一件事，而那是不要讓人生太悲慘的唯一辦法，就是跟大家一樣。要是你跟別人不同，那就麻煩大了，而那種麻煩，我已經夠多了。

我很肯定自己一定有一堆這種麻煩，就像我爸爸說的「百分之百保證」。

不過，如果有人看這本筆記簿，又無法認同的話，我才不在乎呢！我可不是為了讓人了解我才寫這些的，我是因為一直心情不好，而且知道翻開筆記簿寫東西會讓我心情舒服才寫的。

一整天，從我一醒來，甚至還沒吃早餐，我的心就浮上了喉嚨，就如同放在浴缸裡的塑膠玩具，壓進水裡，只要手一放開就浮了上來。農場裡，每個女生只要心情不好或是害怕，就會伸出兩根手指，比著下巴以下的喉嚨部位，說：「我這裡塞了蛋蛋。」

我也會這樣說，不過寫下來又是另外一回事了。我寧願寫我的心哽在喉嚨裡，比較文雅，而且也想要試著不寫任何粗俗的文字——和我爸媽說話的方式越不像越好，尤其是我媽。然後，因為這是絕對的事實：為什麼像我這樣十三歲的女生，會無時無刻想哭呢？只是因為我的生理期還沒來嗎？

2

今天早上起床的時候，我以為我來了，因為肚子好痛。我等著這股疼痛的感覺消失，可是並沒有，而且什麼也沒有發生，我於是去察看。還是一如往常，什麼都沒有。

當我還小的時候，我是說，一兩年前的時候，就在這東西真正開始讓我煩躁到無時無刻不去想它之前，儘管我會吹牛、引起別人的注意，我還是什麼都不知道，什麼都不懂。我不知道為什麼大家要叫它「月經」，還以為每個月都會有像計算尺[1]一樣，又長又細的筆直或三角形的尺，從女性的肚子裡排出來，所以才會那麼痛，而且在排出時，一定會流血，所以當「尺」排出之後，就需要棉條和衛生棉止血。那時的我還真是不大聰明啊，不過我已經變了。我要說的是，現

1. 原文 Les règles，這個字另有規則、尺等意。

在我已經知道囉，而且什麼都知道，我不是說自己在人生的其他事情上變得比較聰明。不過單就月經來說，ＯＫ，我知道了，不過那可不是我媽媽告訴我的，她一直都沒有時間。

那一天，當我跟她談論月經的時候，她的神情，就跟爸爸問她要不要稍微改變一下自己的人生，讓自己在某些事情上有點用處，結果她擠著臉，抬眼說了些像是混蛋、煩死了、我受夠了的話時，一模一樣。就我所遇到的狀況來說，是這樣的：當我想問她關於月經的實用小知識時（衛生棉與棉條有什麼不一樣？用棉條的話，會不會有可能就不是處女了），她說話的方式就會跟平常不同。她用力地一把摟住我，連續說了四、五次的「喔，我可憐的小女孩要變成大女生了」之後，便立刻把我推開。當她摟住我的時候，我一點兒感覺都沒有。一般的媽媽，當我們緊緊地挨著她們的身體時，感覺應該就跟抱著葛芬柯一樣暖，可是我媽媽呢，什麼感覺都沒有，好像她的血一直都是冷的。她總是冷冰冰的，當我爸爸跟她睡在一起時，應該笑不出來。我認為他在睡覺前應該想暖和自己的身體，所以才會喝杜林標或班尼狄克丁之類的利口酒。

有天晚上，我也試著偷喝看看，發現要是喝超過一杯的話，就會感覺黏乎乎的，還會灼熱。反正呢，我爸又不常跟我媽睡，他們倆從不見面的。他總是為了購買他的「剩餘軍用物資」所以到處旅行，而她呢，就算她這輩子沒做什麼有用的事情（對於這點，我爸是對的：我媽活著的用處在哪裡？）她依然有辦法讓自己從來不在家。結果就是：孤單的只有我自己。

我列了一張「我爸媽都在家，我們還一起吃飯的夜晚」清單。這張清單並不長，在我所有的清單之中，就這份最讓人沮喪。我甚至覺得要丟棄這份清單了，畢竟我列清單就是為了更能了解發生在自己身上的事情，而這個，我已經不需要了解，因為我已經完全了解，我只想問，要是他們沒那麼想看見我，為什麼要有我？

我爸爸主要購買的是制服，還有年代久遠的戰爭當中，屬於外國軍隊的東西，然後再以高價賣出，像他目前人在美國，就是以在義大利找到的存貨換取美國的存貨。這件事夠他忙一整天、一整年，而他也很喜歡這樣。至於我媽媽，她忙的是與幾個和她一樣的女性朋友無所事事。我無法真正說得出她大部分的時間都在哪兒，不過她說她超級忙，忙得不可開交。

當然囉，我想知道他們為什麼有我。他們應該事先好好討論一番啊。真是不公平，我可沒有要求來到這個世界；我來，是他們要我，因為他們大可以利用目前的方法、他們賺到的錢與他們的人脈不要有我（我爸爸所有的朋友都是醫生，個個開的都是賓士），我還是可以想像他們是這麼對自己說的：「我們就要有個孩子了，我們得愛她、照顧她，所以要好好下個決心吧。」可是他們就只是說說而已，我覺得這根本不公平，老實說，這甚至很噁爛，對，我就是不怕用噁爛這個詞。這真的很糟糕，我原本可以好好在原來的地方待著不走的。

我確定自己原本是在某個地方的，可能在一朵花裡、一隻鳥兒或一隻貓裡，或者在大海裡。我相信自己一定有前世，不然的話，我就不會老是經常跑到窗戶或是牆壁的另一邊，或是有幾分鐘心神飄到別的地方去。我並不相信每個人都有前生。我相信很幸福、很開心的那些女生也不需要有前世。我的問題尤其是：過了這一生之後，我下輩子會有怎麼樣的人生？反正怎麼樣都不會比現在這個人生還像地獄了。

這就是為什麼，我會這麼想要來月經。畢竟我相信這會大大地改變一個人，讓那個人在一瞬間成為一個女人。我把這個想法跟茱麗說，因為她是最近來的，我想她應該還處於驚嚇之中。我問她：「現在你怎麼樣了呢？覺得自己有不一樣了嗎？」

她不想回答。我又問了其他菲麗俱樂部的成員，結果她們也擺出了那個謎樣的表情，也同樣不回答。也許那真的太難說了，沒辦法以言語敘述，只能親自體驗而已，可是，每當我們放學後陪送彼此回家、聊天的時候，我實在看不出來自己與其他菲麗的成員有什麼不同，甚至還覺得她們比我蠢了那麼一點點。可是一定有一個地方不同，如果我的這些女生朋友沒辦法感覺得到那個不同之處，那我百分百肯定當我的月經來了，讓我終於成為一個女人之後，一切都會不一樣！那將是恆星級的，對，恆星級的，除此之外，沒有別的說法。

不過再說回我爸和我媽吧，事實上，撇開我的心裡經常不舒坦之外，我的問題是我沒有爺爺和奶奶。我看我的那些朋友，覺得她們有爺爺、奶奶真好。其實並不全是因為她們的爸媽照顧她們比我爸媽照顧我還來得細心，而是她們起碼都有奶奶，有人還甚至有兩個。而有爺爺奶奶、外公外婆的——也就等於有四個人除了愛她們之外，就沒有別的事好做的了——就真的是超級走運。她們的運氣也太好了吧，這實在太不正常了：四倍的愛給同一個孩子，這不是超棒的嗎？四倍的親吻；四倍的人照顧你、聽你的心聲、問學校上課的狀況、帶你去看電影、度假，週末還帶你去鄉下，當你對他們說話的時候，會專心聽你說，還會回應你——這，就是幸福。

所以，有爺爺奶奶真的很好、很方便。不過我這麼說，並不是因為爺爺奶奶都會送禮物。說到禮物，我媽每一次答應我的事情沒做到，或是我爸每一次從外地回來，就會送我禮物，我的房間裡都是他們送的禮物，而且起碼裝滿一整個櫃子。總之，我們家最後不得不做的事情就是：在樓上租了間傭人房，專門擺他們送我的禮物。我沒上去過那個房間。我有鑰匙，可是不敢去，感覺只要一打開門，我就會記起所有媽媽答應過的事情，然後哭乾自己所有的眼淚。

一個人究竟會有多少的眼淚呢？有一天，我故意哭個不停，好看看自己能不能乾脆一次把所有的眼淚哭乾。我應該是哭了一整個下午，然後花了三天收拾後果……我得戴著雷朋太陽眼鏡在大冷天裡去農場，因為我的眼睛又紅又腫。但有人覺得我故意想引人注意，以為我在模仿哪個大明星。茱麗還跟我說：「你想要證明什麼？」

我回答她：「我想要找到新的數據。」

她以為我在開她玩笑，這點她是對的。不過事實上，我什麼都沒有證明。因為，後來我又哭了，這應該表示淚水會不斷地新生，不管怎樣，這讓我情緒平靜了下來，我哭的比以前少了，畢竟如果沒有人可以安慰你的話，根本沒有哭的必要。這就是為什麼，我很想要有個爺爺或奶奶——或是爺爺和奶奶都有——他們是安慰人最好的工具。爺爺奶奶有的是時間，他們是負責安慰的人。

我和娜塔麗聊天，她跟我說了一件很不可思議的事情。她說，她有個爺爺是個齷齪的白痴，一個很討厭小孩的混蛋。當她到鄉下他家時，他會從灌木叢裡剪下一些小樹枝打她的腿。不僅如此，他好像還會尿在花上面，還跟娜塔麗的爸媽說是娜塔麗做的，害她挨罵，所以她再也不去他家了。這件事讓我很吃驚。當爺爺的就跟個大人一樣，竟然什麼都做得出來，我以前還不相信會有這種事。

倒是「幸福的人」真的存在。他們那群人都是一樣的。每一次我去幸福的人家裡，總感覺進的是同一間屋子，我們可以列一張清單，同樣的東西一定會重複出現。首先，總是會有兄弟或姊妹。當我們進到屋子裡的時候，總會有個誰在，像當我陪蘇菲回家的時候，在她下車之前，家裡就有人在了。所以屋裡也總是會有某樣事情正在運作，像是烤吐司、電視、電話、音樂或是遊戲；還有，總是會有某個東西在你之前就已經開始了，這讓回到家時總是沒有什麼東西開始的我覺得超讚的。這就像看電影一樣很有趣，因為得要去猜故事的開頭。當然這也很好，因為我們不用自己拿主意，就有別人代替你做。

不僅這樣，那些幸福的人家裡，有人會無微不至地照顧你，不會把你當成不正常的人或是特別的人，不用說什麼就接受你。不僅這樣，他們的雙親相愛，而且一看就知道，因為他們不會大吼大叫，也不會以責備的口吻彼此說話；不會聊錢，也不會聊離婚；他們不會說到要把孩子送寄宿學校，也不會老是一副急著出去的樣子。

還有這個：在幸福的人家裡一兩個小時之後，雖然他們人很好什麼什麼的，但是我們還是會很想離開，因為那不是我們該待的地方。總之，我就是這樣。有的時候我會退一步看著自己，然後對自己說：「她」該走了。

於是，「她」就走了。

3

這一早，除了我以外，她們每個人都穿裙子。我問為什麼，她們望著我笑。這四個人感覺真的很故意，好像早上一起通了電話，說：「我們一起穿裙子或是蘇格蘭短裙來氣死史黛芬麗，讓她知道我們是女人了，也都有月經，當月經來的時候，穿裙子會舒服許多，就不會感覺很憋，也比較不痛，還不怕沾到牛仔褲，這樣子史黛芬麗一定會很沒面子。」

我問她們：「所以，你們是說好的嗎？」

她們大笑了起來，真噁心。首先，她們不可能四個人的月經同時來，不會那麼誇張吧？接著，穿裙子能證明什麼？我也會穿著裙子，可是並沒有怎麼樣，所以呢？

我實在受夠了。我去我們國中（我是指農場）校門前街角的那間藥局，用一星期的零用錢買了超過四十法郎的 ob 棉條。我把那幾盒棉條放進了書包裡，下午在課堂裡，我故意把書包開得大大的，起碼讓一個女生，也就是坐我隔壁的蘇菲看見，並且跟別人說——結果什麼事都沒發生。蘇菲一副什麼都沒看見的樣子，我回家只好打開房間床頭櫃的抽屜，把 ob 放在前一個月買的 Tampax 旁邊，一旁還有在買 Tampax 之前一個月買的 Kotex。

要是繼續這樣下去，我就可以開間藥房了。

有的時候，我覺得自己實在太可笑了，所以自己笑了起來。

4

昨天下午，在陪送結束之後，就剩我與鮑布羅兩個人，我也因此得知了他的祕密。

我們離開農場後會相互陪送。先是蘇菲，她住最近，接著是茱麗，再來是瓦樂麗，她住最遠，就在仕女路那邊，然後是我家，最後才是鮑布羅家。

我們在班上唯一會往來的男生就是他。其他的男生不是喜歡裝man的、傻瓜，就是蠢蛋，無一例外。鮑布羅的個頭比我們矮，我認為他有生長的問題，儘管他穿了牛仔褲和短筒靴想充大人，卻跟穿短褲的小男生沒兩樣，不過我們覺得很正常，沒什麼，而且因為他人很好，所以我們讓他進入我們的小圈圈，而且這樣陪送的人就多了一個，大家也可以多拖一點時間回家。因為我是最後一個回家的女生，我從來沒跟她們說，我和鮑布羅總會有段時間獨處，他會跟我說：「好了，現在我要走了。」

然後他飛快地穿越卡迪內橋附近的那條路。我一直都沒辦法知道他在趕什麼，而且到底要趕去哪裡。他一直不讓我送到家門口，因此我認為他有祕密。

這件事，我從沒說出去，結果我是對的，因為昨天下午，鮑布羅告訴我：「現在我知道我可以信任你。」

我問他為什麼，他說：「因為我們從開學就認識，並且進行陪送，不過你從來就沒跟你的朋友說，我為了不讓你到我家，所以最後都會跑掉。」

我回答他：「我沒說出去，是因為我覺得你藏著一個祕密。」

他說：「對，我有個祕密。你要我告訴你嗎？」

我說對。他牽起了我的手，我們一起穿過了馬路，直到他平常跑著離開，而我跟不上的地方。我們走到卡迪內橋後頭，走上了小路，來到一處算是某種死胡同的地方。在尾端的那道柵欄後頭，有一棟屋子和一座小庭院，有點像是十七區另一邊會有的那種我們稱為別墅的建築——儘管看起來不像是我心目中的那種別墅：也就是海邊白色大洋房。

鮑布羅對我說：「我就住這裡。我們得快一點，因為我遲到五分鐘了，那個人會擔心。」

我問他：「那個人是誰？」

「這是我的祕密。」

他從他的K-way風衣口袋掏出了一把鑰匙，我立刻明白，他就像我一樣；他有鑰匙是因為放學後的點心時間，他家裡從來沒有人在。他打開了門，並且要我發誓不會說出去。

我說：「我發誓。」

他對我說：「你得以你所愛的某人腦袋發誓。」

「我以葛芬柯的腦袋發誓。」

「葛芬柯是誰？」

我說那是我的貓。他說這算數，並且帶我走到一道有兩三個小階梯的走廊盡頭，旁邊有一間廚房，階梯的一邊有一條奇怪的木製扶手。對面，有一扇門。鮑布羅伸出手指著那扇門，接著比了個「噓」。我們進了廚房，他打開冰箱，拿出了一盒優格，放在盤子上，接著敲了那扇門。我聽見裡頭一個聲音傳出：「保羅，你遲到了。」

我就是這樣確認他的名字叫保羅，而不是鮑布羅。這個聲音在我聽起來，是個年紀比鮑布羅大的男生。鮑布羅打開門，在以手勢示意我躲在門的另一側之後，走了進去。我站的位置離他們很近，所以聽見了他們說話。

「今天你看你幾點回來的。」是那個我不認識的男生：「你有點遲到了，一定是遇見誰了。」

「沒有，沒有。」鮑布羅回答。

那個人，也就是說話的那一個——我立刻就明白他就是鮑布羅說的「那個人」——聲音聽起來低沉而溫柔，有點像是做彌撒，而且時高時低的，像是沒有音樂的歌曲。

那個人繼續說：「我知道你帶了人回來。很明顯，很明顯。」

我不知道他是怎麼猜出來的，但鮑布羅並沒有讓我有時間思考便回答：「什麼都瞞不過你呢。那是我最好的女生朋友，叫史黛芬麗。她不會說出去的。」

那個人說：「讓她進來吧。」

鮑布羅出來找我。我走進了那個房間。房內無論是牆面、架子或是地板，到處都有報紙與書籍，正中央有一台巨大的電視機，還有一台錄影機，以及一疊疊的錄影帶。那個人就坐在小輪椅上，他長得很像鮑布羅，兩人鼻子一模一樣，只不過他整個人相當蒼白，而鮑布羅則是十分紅潤、圓胖、矮小。那個人看起來比較瘦，我覺得他的身材也比較瘦長，不過對於一個坐在輪椅上的人來說，其實說不準。最打敗我的，是覺得那個人的年紀大概比鮑布羅小個兩歲吧，可是他的聲音低沉，說起話來也比我和鮑布羅成熟。

鮑布羅說：「跟你介紹我的弟弟。她是史黛芬麗。」

我們互道聲好。我問他：「為什麼你要像這樣把自己藏起來？」

他告訴我：「都是我的爸媽。他們對於發生的狀況覺得很丟臉，所以不讓我在痊癒之前出去。可是也許我永遠都好不了。」

他跟我解釋了一件非常誇張的事情，那就是因為他的父母對他的哥哥鮑布羅太嚴格了，他為了向自己的爸媽抗議，所以絕食了一年半。我覺得他這種做法不太好，我也從來沒聽過像這樣的事，有小孩會絕食……當我還在想這件事時，他又說了一件讓我驚嚇的事：「我知道你從來就沒聽過這樣的事，因為真的很少見，可是還真的有。結果麻煩的是，我遭到了報應，因為絕食讓我癱瘓。」

我覺得他說得很中肯，沒想到接下來又再次讓我大吃一驚，他說：「如果說我能這樣清楚表達我的想法，那是因為我整整一年半都待在家裡，不停地看電視和看書，所以達到自我提升了。」

他以手對著房間比畫了一大圈，就像用圓規畫了個圓，同時看著我的眼睛，對我說：「你相信我會讀人的心嗎？」

我說相信，而且打從一開始我就有這種感覺了。他於是對我說：「我只能夠讀像我或是像鮑布羅這種人的心，而你也屬於我們這種人。我們是一樣的人。這與超能力無關，而是心理相似性的問題。」

我說：「你為什麼不會好呢？」

「我會好的，這是真的，我們就等著看吧。我得的是營養缺乏多發性神經病變。他們一定會讓我有一天能夠重新走路。」

我說：「為什麼你不出去？」

「都是我爸媽，他們覺得很丟臉。」

我又說：「難道你不想出去嗎？」

「史黛芬麗，我要跟你說實話，我其實沒有很想出去。我寧願把時間用來待在房間裡看書、看錄影帶，透過觀看學習，因為這種令人虛弱的虛弱，還比出去外頭來得好。」

說到這，他真的又再次讓我吃驚了。他說話就像電影情節中的對話一樣，讓我有點不高興，因為感覺他很喜歡這樣，也有點像在演戲，所以我沒辦法同情他，不過他說：「你知道的，我不是在耍帥，我說話就是這個樣子，因為那些字語都是我獨處時創造出來的，史黛芬麗，我並沒有要故意讓你對我另眼相看，你知道的就跟我知道的一樣多，只是你自己並不知道。」

我於是對自己說，根本不可能生這個人的氣太久，因為當你一想到什麼，他同時也會想得到，然後把你拖下水。我想他很高興能夠認識我，只見他手推著輪椅的輪子，邊哼歌邊在房間裡繞。與此同時，鮑布羅忙著在廚房與房間之間來回，並且時常去檢查屋子大門。兩兄弟解釋說他們在注意爸媽什麼時候回來，因為他們不大喜歡鮑布羅和弟弟待在一起，以免發生悲劇。只要他們一回家，鮑布羅便會待在屋子另一邊的房間裡。

我對鮑布羅說：「你們的爸媽是混蛋，得要做點什麼，還要告訴別人。」

鮑布羅與他的弟弟齊聲大喊：「不要！」

那個人對我說：「要是你這麼做的話，我們就不會再和你說話，你也就會比以前更孤單。」

我當下沒聽懂，他對我說：「首先，你很清楚什麼都不能對大人說，然後我要跟你說的是，我爸媽他們有他們那麼做的理由。他們並沒有虐待我們，別誇大了。他們心裡覺得丟臉是他們的事，我餓了就會吃東西，也會繼續自學。所以就讓他們照他們的方式做，最後總會順利解決的。他們只是想要所犯的過錯能夠自行消除。你別擔心，我得到很好的照料，不過他們不想外面的人知道我的事，就這樣。我沒有要和他們對抗，現在既然你認識我們，也知道祕密了，你總不會因為我們不會再見面而背叛我們吧，所以你別無選擇。」

我回答，人總要理智點：「多兩個朋友，分享他們的祕密總比什麼都沒有來得好。」

鮑布羅對我說：「現在你得走了，我媽要回來了。」

我走出房間，在關上門的同時，鮑布羅還要我以葛芬柯的腦袋發誓不會說出去。我看見那個人在走廊最裡頭，以輪椅輪子前前後後地跳舞。他暫時停下動作，揮揮手向我道別。這輩子還沒有人讓我這麼吃驚的，而最令我震撼的，就是當我離開的時候，他們倆露出了喜悅的神情，而那個人甚至還高喊：「願和平與你同在！」

他模仿著西部片裡的印第安人，但事實上看起來是在耍寶。

在回家的路上，我為了知道鮑布羅的祕密，並且與那個人結識而心情大好，然後發現自己忘了問他的名字，不過最讓我驚訝的是，我感覺——甚至相信——他們倆根本沒有不幸福，而這真的令我難以置信。其實，像這樣的故事應該充實了他們的人生，鮑布羅應該就是因為如此才總是會急著跑回家吧。我心想，是不是沒有一個罹患營養缺乏多發性神經病變的哥哥或弟弟得照顧，還是比身為一個月經還沒來、除了葛芬柯就沒有說話對象的女孩還來得好。

5

所以，葛芬柯呢，是我養的貓，牠完全是個瘋子。一整個瘋瘋癲癲的！我覺得都是我媽養的那條狗害的，這兩隻動物沒辦法忍受彼此。如果有人問：約克夏能否與暹羅貓同住？我會回答：不行。

我媽的答案是：可以。這隻貓是她買給我的，可是過了一年之後，她買了一隻約克夏——她的狗……如果牠可以稱為狗的話，那是隻非常可笑的動物。牠立刻與葛芬柯水火不容，我的貓就這樣被送去結紮了，但情況卻沒有改變。結果，葛芬柯在這屋子裡幾乎只會在我待著的房間裡，而那隻約克夏和媽媽一起回來時，卻可以到飯廳、客廳、主臥房任何地方。

說到那間主臥房，是個有著圓形浴缸和流行的白痴裝飾的大房間：所有流行的東西，我爸媽都會買。他們有隨身聽、有各種顏色的絲質夾克，媽媽穿得像很追得上流行，但那樣子實在太可笑了！而爸爸呢，如果流行是在頭上插羽毛的話，他就會照做。我從來沒有見過比他們更追求流行的人，他們讓我覺得很丟臉。媽媽整天買衣服、染頭髮，她的頭髮是奇怪的紅色，並且打了層次、燙了波浪捲、留著某種剪得跟美國白痴電視劇女主角一樣的瀏海，而她照顧自己頭髮以及顏色的程度，就像要拍洗髮精廣告一樣。至於爸爸，他老想穿得跟十八歲的男生一樣，他會穿緊身牛仔褲和有跟的鞋子，因為他覺得自己長得太矮了。

我不懂為什麼他們把自己打扮成這樣。我是能理解我媽媽啦，因為她長得實在太醜，可是我爸爸，我覺得他很帥，就算他很矮，還是有一雙綠色的眼睛。他為什麼要這麼追求流行，把自己打扮成這樣，我實在不明白。我的意思是，我那些女同學的爸爸，穿著幾乎都很正常：他們穿西裝、打領帶，或是V領毛衣搭配不扣上鈕釦的襯衫與打摺褲。他們沒有想要穿得像美國搖滾歌星，也不會穿得看起來很蠢。他們都出得了門見得了人，和他們走在路上都不怕被別人看見，不像我爸媽不顧一切地想要追流行。

我爸媽也會針對所有應當做的事情擬訂計畫——像是度假計畫，就是他們向來會再三做計畫的事。

他們會在冬天的時候去阿沃里亞茲，那個地方我超討厭的。那裡有一間認真經營的麵包糕點店，店裡有內用的座位，還有賣兩百法郎的火鍋，裡面卻沒有地方可以休息，根本是世界上最醜的地方。他們週末的時候，甚至是夏天，會去多維爾。這個城市我超級討厭，人們到海邊時，對大海根本沒有興趣，他們唯一關心的事情就是彼此炫耀、嚼舌根、談論錢。你會看到那些老太太儘管穿著泳衣，但身上留著太多東西，像是黃金手鍊、金錶、黃金項鍊，總讓人以為她們還穿著衣服，而且她們每個人的腰際、脖子、腳踝都戴著鍊子，走起路來就像聖誕老人坐在雪橇上拉響鈴鐺般地叮叮噹噹。老爺爺呢，手腕上幾乎也都有那麼多的金子，這種品味實在太糟糕了。這座海灘真的是讓人想吐，他們不停抽菸，玩牌、講別人壞話、談論齷齪事和錢。這個地方真的很噁心。

上個星期，我們去了多維爾。整趟旅行我都掛病號，還以為是因為我的月經快來的關係，我們還在路邊停了三次，結果只是因為我吃太多了。其實我沒有吃太多，只是吃得太快，我什麼都嚼也不嚼地吞下去。問題就出在我有個應該是從小養成的壞習慣，我還小的時候，以為口香糖就跟糖果一樣，所以全都吞下肚了。在我兩三歲的時候，我吞了太多口香糖，我想這些口香糖在我的胃底部形成一層像是橡膠地毯的東西，所以我沒有真正的胃壁，以至於胃裡頭只有橡膠，什麼都沒辦法好好消化。不過某種意義上這又是好事，因為我可以混和所有的東西，我最愛的混和物就是酸黃瓜與巧克力，然後是洋蔥與柳橙。

我還會將巧克力與芥末混和，然後塗抹在烤麵包上。我媽媽說，我是故意要讓自己生病。爸爸聽了都會說：「親愛的，算了，你沒看到她是在跟我們挑釁嗎？」

我爸爸應該是對的。「她」就是想盡辦法要讓大家照顧自己。

6

這份清單的名稱是：「她」為了讓大家照顧自己所做的事情。

她整夜開著房間的窗，想要讓自己生病，不用上學。

她不顧父母的禁止與葛芬柯睡在一起，因為他們說這會讓貓養成壞習慣，而且貓有本事半夜醒來，抓花她的臉。

她故意讓自己在課堂上拿到荒謬的分數——像是小考零分，接著下一次拿了個二十分——讓老師不得不請她的父母到學校，要他們對她的未來多用點心。其他女孩子的父母都會參加親師會，但她的，從來不會。

她花了整天的時間不與誰說話，假裝暫時變成啞巴。

她自己用剪刀把頭髮剪得像狗啃似的，這樣一來，媽媽就會不得不帶她上理髮廳剪個新髮型。

她給自己寄匿名信，為了不讓人認出她的筆跡，還特意用左手寫，然後給爸爸看，說怕自己有一天被綁架。

她為了讓自己專心，並且有雙疲憊的發紅雙眼，盯著同一本書的同一頁超過一個小時。

她大聲聽著宗教音樂，尤其是當她父母聽搖滾樂的時候。

她穿著全身黑。

她連續四十五天穿著同樣的牛仔褲。

她喝了她爸爸旅行帶回來的美國啤酒，整夜不舒服，還吐在黃色地毯上。

她留下了她最近養的那隻倉鼠屍體——那是她的生日禮物——並且藏在一個空的菸盒當中。她將盒子放在窗沿，不讓葛芬柯玩倉鼠的屍體。爸爸命令她丟掉，可是她還是一直留著。她說要是有人把倉鼠的屍體丟掉，她就會帶著那具屍體從窗戶跳下去（她住九樓，小命很有可能丟掉）。

她拿媽媽的化妝品在臉上塗抹，說她要這樣去農場，只是當她走出家門，到了她爸媽看不到的地方，便會拿面紙擦掉。

她搭地鐵或是搭公車，一個人到拉德芳斯廣場的購物中心，然後回家的時間越來越晚。她在那裡遇見黑人、還有讓她學會一有機會就說DESTROY（毀滅）的龐克痞子。她還認識一些自稱是祖魯族人的傢伙。

她說她想學空手道，在她的父母為她報名過後就不去上課。舞蹈課、歌唱課、鋼琴課、踢踏舞課、馬術課、繪畫課、俄語課、陶器課，她都來同一套，總是讓她的父母報名了所有的課程，然後從來不去上。

她故意讓父母在她真正生日的前八天慶祝她的生日，然後在那一天就藉機在某個女生朋友家吃飯，甚至當晚聲稱自己頭痛。

當她輕輕碰撞到某樣家具時，總會痛得大叫，可是其實一點都不痛。

她一直假裝受傷，在手上纏繃帶、在額頭上貼OK繃，還在腿上塗紅藥水。

她凌晨三點起床給自己做一個草莓醬火腿三明治，並且讓食物屑屑掉滿整張餐桌，還有她在客廳邊吃邊望著窗外黑色天空的位置也都是。

她一直頭痛，一直、一直不斷。

她在可樂裡加了牛奶。

她一直心痛。

7

當我寫下葛芬柯完全瘋癲、完全失常的時候，我並沒有誇大。這隻貓會做些不得了的事情，像是爬上牆，以超音速的速度上了天花板，再以同樣的速度衝下來，在房間中間猛然煞車之後，擺出一臉在說我辦不到的神情看著我，可是除此之外，牠是真的可愛到我什麼都會原諒牠。當牠在我的懷裡呼嚕呼嚕的時候，就像一隻我們在牠肚子裡放引擎的胖小雞，只不過放的是豪華汽車的引擎，也就是幾乎不會發出聲音的引擎。我很愛牠，當我在外頭的時候，總會非常想念牠。葛芬柯幾乎可以說是我回家的唯一理由，若非如此，我早就不回家了。

貓最棒的地方，就是牠們對你無所求——喔，除了求摸摸以外。我媽媽的約克夏總不時擺動著耳朵，晃著胖胖肚子以及小尾巴，然後發出小小的叫聲，因為得要帶牠下去尿尿了。而葛芬柯呢，只要每天幫牠換一次貓砂就行了，不需要帶牠下樓去哪裡。牠，是個完全獨立的傢伙，而且這個傢伙擁有美夢般的人生，就算牠因為家裡有約克夏的存在而備受委屈。

我才不要帶約克夏下樓。我告訴我媽媽，那是她的狗，不是我的狗，我不懂為何要帶牠下樓尿尿。我媽媽說我沒良心。我說，隨你說吧。於是她對我撂了這句話：「出去，我不想再看到你。」

我回答：「要是我對你所說的話認真，那你可就煩惱了。」

她打了我一巴掌。我裝作沒有什麼感覺，不過我真的也沒有什麼感覺。其實那一點都不難，只要想著別的事情就好了。我呢，我想著鮑布羅和坐在輪椅上的那個人。自從我知道他們的故事以後，我經常在腦海中看見他們，而這也佔據了我不少的心思。當然，因為那件事，我與鮑布羅更常見面了，我的女生朋友開始嘲笑我，說：「啊，你跟鮑布羅交往。」

我可沒跟任何男生交往。鮑布羅是我的朋友，那是不一樣的，而且交往這件事，我可是完完全全不贊同的。那些女生儘管和我一樣，都說男生都是愛裝man、傻瓜、蠢蛋，但是那並不能阻止她們不停談論男生、高聲狂笑、在校門口前有好幾個男生坐著等公車的長椅周圍逗留。她們吸引男生的注意，茱麗和娜塔麗甚至開始和別班的男生開始有點交往，現在她們自以為了不起，所以我們沒有那麼常說話了。蘇菲就還好，她一直都是我的好朋友，我還是會跟她聊天。

昨天下午有體育課，我們倆都不用上，她說她背痛，而我則是腰痛。我們請假超容易的，我爸媽也從來不反對我請假，他們對於運動表現好不好應該毫不在意，可是他們為了維持身材非常努力運動呢！他們老是到蒙梭公園跑步，或是星期日早上到布隆涅公園去。我媽現在都跳健身運動的舞蹈，我爸他呢，則是組裝了一台很複雜、也應該很貴的腳踏車——一定不是本國貨，他好像覺得買我們法國出品的東西很丟臉。那台腳踏車現在就放在他們的浴室裡，只要他一有點時間就會去踩……我是說，當他在家的時候。不過他幾乎都不在家。我不知道為什麼我爸媽熱衷於流汗、讓自己喘吁吁，就好像他們害怕著什麼一樣，他們老是表現得像是有人在跟蹤他們。他們跑啊跑的，就好像以為有人一直盯著他們看。

總之，我和蘇菲就沒上課。我們一起搭地鐵去香榭大道散步。我越來越受不了地鐵，在地鐵我總是想吐，不過地鐵速度快，而且很便利。我們在香榭大道遇見了另一個朋友，她去年轉學到另一間國中，來這裡上家教課。她的名字叫芙羅兒，起碼這名字夠獨特，她的爸媽也超讚的。芙羅兒有一頭紅髮，也有一隻貓。我們一起去她家，她就住在附近。我們一起聽音樂。她的爸媽回家之後，邀我們一起用晚餐。我說我不行，結果芙羅兒的爸爸說：「你要我打電話去你家嗎？吃完飯後，我會送你回家。」

我說好。他打電話過去，結果沒人接，於是他在我爸媽的答錄機上留言給我爸媽，說晚一點會再打電話過去。和蘇菲、芙羅兒的爸媽在芙羅兒家的感覺很好，完全就是幸福的人家裡會有的氣氛，只不過這一次我不想離開，於是我問芙羅兒的爸爸可不可以留下來過夜，因為我累了。他說：「得先問過你爸媽。」

我說：「喔，不過我習慣了，我老是在別人家過夜。」

那並不是真的。他還是要打電話到我家，由於一直都轉到答錄機。他於是對我說，我爸媽可能會擔心，所以還是會送我和蘇菲回家。我很不高興，因為我原先信任他，以為他會把我們當成年紀比較大一點的女孩對待，結果他讓我失望了。但同時，我懂他也不會希望自己的女兒這麼做，於是我對自己說，或許他是對的。蘇菲是走路回家的。當我到了樓上，一打開門的時候，葛芬柯撲上來親我。我明白我又是一個人了，爸爸、媽媽還是沒有回來，我的心情變得很差，心裡也有種被剝光的感覺。我打開答錄機聽留言。其中有芙羅兒爸爸的留言，還有爸爸給媽媽的留言：「親愛的，不用等我了，我會很晚才回家。我得和洛杉磯的一位客戶去美麗殿酒店吃飯，拜拜。」

緊接著是我媽媽的留言，內容像是在開玩笑。那是留給我爸爸的：「親愛的，別等我，我會很晚、真的很晚、很晚才回家，我們幾個女生一起吃飯，吃完後會去舞廳。拜拜。」

這聽起來應該是挺好笑的，可是我一點都笑不出來，因為我發現不管是爸爸或媽媽都沒有留話給我。他們不會說：要是史黛芬麗想找我們的話，打這支或那支電話給我們，或者史黛芬麗要是餓了的話，冰箱裡有這個那個。沒有，就好像我並不存在一樣。我對自己說，沒有理由他們出去，而我一個人在家，於是我又出了門。於是，這是我人生當中第一次離家出走。

事實上，這也不算離家出走。離家出走是打包，把旅行用的東西收進行李裡，從爸爸的書桌抽屜裡偷錢，離開自己所住的街區，甚至是城市，然後隔天一早不會帶著自己的作業簿和課本到農場去。我早就針對離家出走這回事列了清單，所以我很清楚離家出走會是什麼樣。對我來說，那不是離家出走，就算是事後他們想要用這個詞來說也一樣。我只是在家裡以外的地方過夜而已。

我越過了卡迪內橋，從他們屋後的那座小庭院進入，以手指刮著鮑布羅房間的窗戶。現在我和他以及他弟弟已經成為朋友了，所以對他們家很熟，也因此我簡簡單單就找到正確的窗戶，並且沿著檐槽攀爬、再以手指輕刮那扇窗戶。鮑布羅的房間在那個人的房間上方，而他父母的房間就在這棟小屋子的另一邊。鮑布羅開了窗戶，他的臉上毫無訝異，就這樣放我進他的房間。

他對我說：「真的很怪耶，剛才我爸媽把他抱上床之前，他悄悄跟我說，今晚一定會有你的消息。」

我說：「他怎麼知道的？」

他回答：「來，我們下樓叫他起床。不過你得脫鞋，才不會讓我爸媽聽見。」

我們躡手躡腳地走下樓梯。在一樓走廊的盡頭處，我看見鮑布羅父母的房間門下透出了光線，還聽見他的父母說著像是所有父母躺在床上入睡前會說的話，那聽起來就像是唱片跳針，同樣的話語一再地重複，直到有人拿下唱片為止。我們輕手輕腳地進入那個人的房間，他還沒睡，我覺得他並不常睡覺。他正在看戲劇俱樂部電視台播放的一部電影。這一天是星期五，我覺得時間已經是半夜了。我們伸出手指「噓」了一聲，他在床上，靠著枕頭，手裡拿著遙控器。他微微一笑，並且按了遙控器關掉電視。

他對我說：「你在這裡過夜吧。我們會照顧你。等我們爸媽睡著之後，你再上去鮑布羅的房間睡覺。為了不要吵醒他們，我們不能聽音樂，所以我會給你一本書看。你想要看《天地一沙鷗》嗎？」

我在他身邊的被子上躺著，倚著他給我的一只枕頭，開始讀第一頁。寫得真美，完全就是一本為我量身打造的書，真不知道那個人對我的喜好怎麼會那麼清楚，不過由於我累了，沒讀幾頁就睡著了。他搭著我的肩膀，把我搖醒，說：「你上去保羅的房間吧。你太睏了會睡著的，明天等我媽媽來幫我梳洗時，就會有世界級的大驚小怪。」

這果然是那個人會用的說法。

於是我同樣躡手躡腳地上樓，我裹著保羅的睡袋，在他房間的地毯上睡覺。保羅也很睏，所以我們倆在入睡前沒聊什麼，不過他說了一件讓我相當好奇的事情。他說：「我得跟你說他的事。他永遠都不會痊癒的。」

我們把鬧鐘設得很早，我六點起床後，沿著原路跑回家。這就是我的離家出走，沒什麼好嚇大家的。這並不是一場星際級的災難。

我已經了解父母在答錄機留言告訴對方，有事情要忙、別等門這一招，也很清楚在這個狀況之下，我爸爸會和某個人在外頭過夜，而我媽媽，我不確定她會不會也一樣，也不知道如果是的話，對象會是誰。不過不管怎麼樣，在這種狀況之下，他們一定很晚，也就是隔天早上六點之後才會回家。星期五晚上總是這個樣，而星期六的時候，我通常很晚才會見到他們。他們會睡到下午三、四點，然後帶我去購物中心吃漢堡，接下來出發到多維爾，或是某個同樣悲慘的地方。

不過他們的行程應該是有了變化，因為當我回到家的時候，他們倆正在擺著白色現代風可笑家具的客廳裡頭踱步。他們都處於一種焦躁得嚇人的狀態：她穿著一身綠，頭髮上有更多的小髮捲，而他呢，背上搭著一件帆布短袖上衣，下半身是同一種材質的褲子，搭配一雙鱷魚皮靴子，鞋尖綴著金色鉚釘。她衝向我，給了我兩巴掌，我倒在爸爸的懷裡，他也賞了我三巴掌，我總共吃了五個巴掌。兩人同時吼我，不過由於媽媽叫得比爸爸大聲，所以她罵我的話，我聽得最清楚：

「你有了解到對自己的媽媽做了什麼嗎？有了解你對我做了什麼嗎？明白給我帶來什麼樣的恐懼嗎？混蛋，是我的心臟耶！我的心臟可能會停止跳動啊！你到底有沒有搞清楚？是為了要我去死而離家出走嗎？」

我故意哭得很傷心，畢竟當我們做傻事，而爸媽又吼又叫的時候，最好的反應是流淚哭泣。不過在哭的同時，我還是相當訝異，就我人生第一次在外頭過夜的體驗而言，她應當首先要問我去了哪裡，在哪裡過夜，或者在外面做了什麼可以做到這麼晚，還有究竟去了誰家，但她不是。她不停對我吼著我對她造成了什麼痛苦，甚至不斷地埋怨又埋怨。爸爸尤其想要安撫她，並且在情緒與情緒爆發之間（因為我媽媽不停地大吼），以一種「你大可以避免這個問題」的神情望著我。

這怎麼說都有夠奇怪的，因為他們並沒有真正狠狠地責備我，反而比較偏向一個忙著為自己的命運而哭，另一個則是試著跟她講道理。於是我到屋子的另一頭去，和葛芬柯一起睡。對於他們沒有多質問我一點，多責罵我一點，我幾乎有種失望的感受。當一個人做蠢事的時候，至少就會預料到自己會被罵，倘若事情不是這樣發展的話，那就不合理了啊！

下午的時候，媽媽的心情恢復了。爸爸出門去買東西，媽媽到我的房間來，跟我說了一件我永生不會忘記的事情。她先以翻倒我桌上的所有東西起頭，藉口說我已經有八天沒有整理房間——她以為自己臉上不帶任何怒意，做了這個動作沒什麼，但事實上，這比她歇斯底里起來還讓我害怕，更何況她那麼做的同時，臉上還帶著冷冷的微笑，就像在某幅名畫裡的女人一樣，嘴唇呈一直線。接著她對我說：「相信我，要是我早知道沒必要有你的話，我就不會生你。」

然後大力摔門出去了。

我告訴自己，她那番話的意思是，她是為了懷孕、好讓爸爸娶她，所以才懷我的……這真的讓我的心好痛。我自問一個人能不能夠在十四歲或是差不多年紀時——因為我並不算是滿十四歲——死於心跳驟止，要是能的話，我就要死了，因為我的胸口絞痛，我曾經在某個地方讀過，心臟病發作就是像這樣胸口絞痛，可是這個症狀來得急也去得快。留下的，是我思索過的想法。

我對自己說，現在我可以相信自己的確是我媽的女兒。

在好長的一段時間當中，我曾經告訴自己，我並不是我爸媽的親生女兒，是他們收養來的，因為我跟他們完完全全不像。我的身材就我這個年紀來說過於高大，或許是因為我的月經還沒來，因為聽說只要月經來了，就會停止長高，這就是為何我會這麼高，而我的爸媽可說是小矮人的原因。他們的頭髮都是棕色的——起碼他的頭髮不管怎麼樣都是棕色的，他還有一對綠眼睛；她呢，紅髮或是可以掩蓋住頭髮原色的任何顏色，眼珠子偏藍色，而我則是金髮、眼珠子是淺棕色的，所以我們根本沒有共同之處。在好長的一段時間當中，我會告訴自己，他們有一天會告訴我，我是他們的養女，而到那個時候，我會去尋找我的親生父母，那或許會耗掉我的餘生。我認為我會一輩子找尋自己的生父，就像書裡所寫的那樣，只不過我知道那也是真實人生會上演的情節。可根據媽媽所說的話，我了解自己真的是她的女兒……但對於我爸呢，我其實還存有一絲疑問，畢竟媽媽很可能是和這個男人以外的男人有了我，只不過那個人拋棄了她。從她的個性來看，我很清楚事情就是這樣，她也用盡辦法讓第一個接近她的男人——也就是我爸爸——娶她，總之，我明白她原是想利用我所以才生下我，於是這個星期六傍晚對我來說很不好過。

幸好我看著窗外，試著跟隨那隻海鷗強納森——前一夜，我在那個人的床上開始讀牠的冒險。強納森的故事，是一本全球風行的書，甚至還拍成電影。我還沒看過電影，可是看過書，現在心裡唯一的渴望就是看那部電影，奇怪的是，那部電影沒在任何地方上映。人人都知道強納森的故事，所以在此我就不介紹了，不過這個故事最讓我喜歡的地方——總之，就是在我睡著前所看過的部分——是當強納森終於能夠飛得比其他同伴高，也比自己以往飛得更快，超越了自己的極限。這還真的讓我吃驚，我也試著與牠一同飛上天際，忘卻我媽媽不久前跟我說過的那些話。

有的時候，當我們決定不再想起別人跟我們說的齷齪話，我們會有辦法以感覺比任何速度更快的方式消失在天空裡。而或許心裡越痛苦，就越能夠暫時離開，這應該就是那個人總是笑容滿面的原因所在。因為他時時刻刻都在受苦，但也從來沒有置身於當下。呃，真的是從來沒有。

9

這一夜，我做了一連串的夢。

首先，我夢見芙羅兒的爸爸。我們倆一起去電影院，他親了我的脖子，送我回家，然後又親吻了我，只不過他親我的方式不像老人，而是像男朋友。

後來，我夢見了我爸爸和我媽媽鬧翻，兩個人離婚。他們丟下我一個人，沒有人想要把我留在身邊，於是把我送到英國的寄宿學校去。

後來，我又夢見我、蘇菲和茱麗一起到某家店去買裙子和洋裝，總之是女性用的東西，可是在付錢的時候，我們每個人都忘了帶錢，店家便把我們趕出去。他們扣住了我的衣服，我全身赤裸，卻還得光著身體走過一整個十七區回家。蘇菲與茱麗跟在我後頭，邊笑邊說：「你害什麼羞？反正你又沒有什麼該藏起來不給人家看的！」

她們說得沒錯，因為在我夢裡的路上行人，每個人都一副見怪不怪的樣子。

最後一個夢，也就是在醒來前所做的夢——也是我經常做的夢——情節並不長。夢裡，我是美國農婦，我所在的農場不是我們國中的代稱，而是真正的農場：位於鄉間，有牛、白色穀倉、紅色屋瓦，四周有金黃色麥田圍繞。我們一整天照料動物和蔬菜，我是負責管理一切的人。除了我以外，還有一個年輕美國女孩。現實生活中，我並不認識她，夢裡的她看不見臉孔。我們一起工作，或者可以說我們是合夥人。每個人都穿著圍裙與木鞋，不過這並不妨礙我們開大卡車——喔，應該是龐大的小型卡車。農場裡什麼都有，有一個乾淨、現代化、潔白得到處閃閃發亮，就跟實驗室一樣的廚房。飯桌上隨時備有牛奶與水果，我們吃玉米片、蛋，配著冒著熱煙的火腿。我們也做了許多的蛋糕與餡餅。我們不會在城裡買東西，不過也沒有城市就是了。農場四周有幾片黃色的原野，不過在我的某些夢境裡頭，那些原野全變成了藍色，有的時候還是紫色，應該是依據季節而定。

農場裡當然也有馬匹。不過我並不騎馬，也沒有人會去騎馬，不過那些馬成天都待在原野上，繞著紅瓦白穀倉跑。我們如果對牠們說話，牠們便會從廚房窗戶舔盤子，這真的讓人有種被剝光的感覺，因為太舒適了，所以心痛。在這場夢裡，什麼事都沒有發生。我心情大好地醒來，這是我最愛的夢，也是我現實生活的真正目標，那就是在美國當農婦。

其他的女生，每個人都想要成為搖滾歌手，或是拍電影、電視，或是當記者、模特兒、藝人、網球冠軍、滑水冠軍甚至是摩托車冠軍，但是在我看來，她們真正想要的是報紙頭版上刊著自己的照片——她們不想要成為藝人，只是想要出名。這兩者並不一樣。她們大部分的人想要當歌手，但不一定要是搖滾歌手，只要能夠唱歌就對了。她們問我以後想做什麼，我回答在美國當農婦。我認為那是最有趣的行業。

一開始，為了要和她們一樣，同時不想給自己惹麻煩（只要和別人不一樣就會有麻煩），所以我給了和她們相同的答案，可是最近我說起了實話，還說我對替那些白痴雜誌拍照完全沒興趣（那些雜誌總是要你談論自己的人生，一點新意也沒有），而唱那些難懂的蠢歌，讓父母裝扮成流行的小丑跟著跳舞，我並不覺得那會是一個「有趣的人生目標」，甚至認為這根本令人討厭。

她們於是這樣對我說：史黛芬麗，你很勢利、假仙、自以為是，而我則說她們是蠢蛋。我有的時候會和朋友處不來，可是後來都會言歸於好，因為就如同瓦樂麗所說的：「我們都有共同的敵人。」說起瓦樂麗，我們現在見到她的次數變少了，因為她和一個男生正在交往。她那句話的意思是，就算我們女生當中有賤人、母老虎，真正的戰爭並不是發生在我們之間，而是我們與年長的人之間。

在走出夢境之時，我心裡頭覺得很舒服。醒來時，我心情很好，因為只要有美國農場的夢為夜晚一連串的夢做結束時，我一整天的心情都會很好。我要說的是，在這樣的時刻當中，我隨時都做好受到羞辱的準備，不過那沒關係，因為我依然還跟那個沒看過長相的美國合夥人與馬匹待在原野裡，有的時候，我會因為如此，一整天都沒發生鮑布羅的兄弟所說的「國家級慘劇」。在這種狀況之下，由於我的心神都在那裡，別人應該也看得出來，所以爸爸對我說：「你在想什麼？你的心思飄到了哪裡？」

媽媽則對我說：「為什麼我們跟你說話，你都不回答？『她』這個人，別人對『她』說話都不回答的！你眼睛都在看別的地方，喂喂！」她的手在我的眼前揮動，同時還「喂喂！」地叫。這幾乎是她唯一一次試著對我開玩笑，還對我微笑。既然她這麼努力了，我想我也該努力一下，可是我辦不到，目前我們之間一定是有太多的不愉快存在，每一次我想努力表現得親切可愛，就會有阻礙出現，那是因為我氣她以往對我所說所做的一切。在我看來，我和我媽的關係已經無法修復。我和我爸的關係倒是變得比較沒那麼糟，因為我們不常見到面，而且他也比較不會那麼大聲罵人。可是我感覺自己的心靈也沒辦法與他靠近。我不明白為何自己同時間也很希望他們倆能夠愛我、穿上不讓我丟臉的衣服，也不會表現出可笑的樣子讓我沒面子。那個人對我說，那是我內在矛盾的一部分。

走出夢境的那一天，是星期日的早上，我精神百倍地醒來之後，首先就去照鏡子看看自己的模樣。我的鼻子上、鼻梁周圍、額頭上一直都有同樣的痘痘，就算我不愛漂亮，那些痘痘還是讓我很不開心，於是我戴上一個藍色口罩藏住自己的臉。天氣很冷，所以我還戴上滑雪帽，並在睡衣外面套著一件浴袍。我打開窗戶，彎下身子察看我的倉鼠屍體是不是依然還在窗台上的小棺材裡——那個位置別人是碰不到的——幸好，一切都很好：前一天我在屍體上放的花朵還是新鮮的。在關上窗、直起腰的同時，我看見對面屋子裡的人指著我，彷彿發現火星人降臨似的。我照了鏡子，是的，戴著藍色口罩、紅色滑雪帽、粉紅色睡衣罩著彩色浴袍的我，看起來真的很滑稽，我自己也笑了起來。

我一定是認為自己的穿著還不夠搞怪，因此又穿上一雙鋪毛雪靴；這雙靴子肥厚得像太空人的靴子，名稱就叫月球靴（moon-boots），我便以這一身打扮吃早餐。我爸媽還在屋子的另一邊睡覺，所以我一個人吃。我喝了巧克力牛奶、吃了冰箱裡剩下的隔夜沙拉，然後餵葛芬柯吃飯。牠並未對我的裝扮有任何驚訝，而牠對我來說，是這個世界上獨一無二的存在。看牠對於眼前所見毫不在乎，就更顯示牠是高度聰明的生物，只關心最重要的東西，也就是愛。

葛芬柯呢，有摸牠的人、喜歡牠的人，總是準時給牠食物吃的人，還有其他人。要是人人都能夠像牠一樣，家裡就永遠不會有人吵架，也不會聽見任何的叫吼。要是每個人能夠像我的貓一樣的話，大家就會相愛，家，就會有如美夢一般。

給牠取葛芬柯這個名字的人是我，以前牠有個像是「基思蘭」或「基哈曼」這種搞笑的名字，那一年，大家都喜歡給貓取「基」開頭的名字，雖然賣給我們這隻貓的那位女士已經幫牠取了名字，不過我還是立刻幫牠改名字。我問我爸媽有沒有靈感，媽媽給了我幾個蠢名字，像是基溫多琳（牠是公貓耶！）、基思塔夫，甚至是基阿貝特這種禁不住時間考驗的老氣選項，不過老實說，我媽對取名這件事沒有天分。她的本名叫瑪丁娜，可是她要人家叫她迪吉爾，應該是覺得這樣子比較年輕、比較現代化。她老是想辦法讓自己變年輕。她會跟我說一些事情，像是：「你已經夠大了，可以自己想辦法解決問題了。」

而當我聽她和她的閨密講電話，會聽見她說：「我的女兒會承擔責任。」這個詞，我得要那個人給我好好地解釋解釋。說得就好像我會承擔責任一樣！而且這麼說就能解決她的問題，她真的太誇張了。她甚至還過分到有一天對我說：「現在你長大了，換我當小女孩了，大家也得要照顧我。」

我回答：「我還沒長大，我的月經還沒來。」

這個回答讓她錯愕了一整天，一整個星期，誰也沒再提起她要當小女孩這件事。

我爸爸對於貓的名字則是毫無任何想法。他對我說：「隨便你怎麼取都可以，那是你的貓，不是我的。」

這個反應真是讓人愉快，我爸人真是超熱心的。

於是我叫牠葛芬柯，因為牠很像那位歌手：同樣的朝天鼻，同樣極度驚愕與恍神的表情。但這並不表示葛芬柯（那位歌手）是我的「偶像」——那些傻瓜談論起「年輕人」與歌曲時用了這個詞——況且我也沒有偶像。有偶像這件事，絕對是傻到不行——雖說如此，我還是滿喜歡這個傢伙的，我喜歡他半禿的頭、紅髮、鷹勾鼻，唱歌的時候手插在口袋裡，身體往前傾，看起來就像快要摔到人群裡。我想我的貓不會因為我替牠取了葛芬柯這個名字而生我的氣。我要補充一點：要是沒有我的貓的話，我老早就自殺了。

我很難得會想到自殺，對我來說，這件事要做的話還嫌太早，因為我想給自己一個機會，看看成為一個女人是什麼樣，而成為女人之後又會變成什麼樣，要不是有我的貓和我說話，我應該就真正做出傻事來了。自從我認識了那個人，而我們也開始聊了一些話之後，我對人生有了其他的想法，也就幾乎不再想要自殺了，可是當我年紀比較輕一點的時候，我可是想了好幾次。我甚至還擬了一份終結生命的可能方法清單。這份清單，不是被我燒了，就是不見了。

那可是一份絕對高度機密文件，不過我還記得當時我所找到的最佳方法，就是吃進大量的義大利水餃——這個世界上，我最討厭的餐點就是義大利水餃了，我媽媽老是煮這東西給我吃，或者應該說是她要我煮給自己吃的，由於用餐時間她從來就不在家，每當我回到家的時候，永遠都會有一封她留給我的信。一封非常非常有趣，整整只有六個字的信：有義大利水餃。確實櫥子裡只有這東西，我家可真是名副其實的義大利水餃工廠，我呢，非常厭惡這道菜，甚至是這個名詞。義大利水餃[2]，會讓人聯想到在床上生活的老鼠：超噁的！

我很討厭所有的義大利食物。義大利食物是懶人的食物，只要加熱就可以

---

2. 義大利水餃原文為：raviolis，讀音近似 rat-vit-au-lit（在床上生活的老鼠）。

吃了，像是披薩、千層麵等等。我爸媽會在我們家樓下的義大利人那裡買這些東西帶到樓上來，省得麻煩也省得像幸福的人家裡一樣做真正的料理。還有火腿、火腿薄片，這些東西也不難，只要放上餐桌就成了，很簡單。就連麵包棒，也不像麵包一樣需要保持鮮度，放在籃子裡整整好幾天也沒問題。啊，我爸爸說，吃義大利料理非常方便。他總是說：「今晚吃義大利料理如何？」

如果要送我世界上最糟糕的禮物，那就是把我送到義大利的寄宿學校去。我爸媽經常提起要把送我到寄宿學校，而他們跟我說話時，說的幾乎也只是這個，永遠都是國外的寄宿學校，有時是英國，有時是瑞士，有時是盧森堡，幸好他們沒說義大利。要是我根據料理來評斷的話，義大利人應該是毫無精力與想像力的人種。當我們不斷地吃披薩和義大利水餃，對世界就不會有詩情畫意的想像。要是我能避開義大利這個國家的話，我永遠都不會去，在我永遠都別做的清單上，去義大利可是排行第一。

當我吃完早餐時，爸媽還在睡，所以我跑到廁所去。

10

「無論如何永遠都別做的事情」清單：

永遠別去義大利。

永遠別和父母去餐廳吃義大利麵和披薩，我們在家已經吃得夠多了。

永遠別穿有花邊的襯衫或是褲裙或是過膝靴子，或是有荷葉邊或者蕾絲的東西。

永遠別再去巴黎大堂，因為我上一次去那裡的時候，差點在運動鞋店前被兩個傢伙給強暴，而且那是個危險、不乾淨的地方，也可能永遠都不會改善。

永遠別聽收音機新聞或是看電視新聞，因為他們一整年每天都在說同樣的事情，沒有什麼令人驚訝的事情發生。要是他們告訴我們，有人在宇宙發現了另一種形式的人類生命，這就會是個大事件，也將會如宇宙般的閃亮！可是他們說的只是前一夜已經說過、明天還會再說的事情。

永遠別去市立游泳池，逼不得已去的話，永遠別穿兩件式泳裝。

永遠別招出和自己一起做壞事的朋友，永遠要這麼說：「就一個朋友而已，你不認識的。」

大家下課都待在教室門口說別人壞話時，千萬別最後一個離開。在咖啡廳也一樣，如果看到每個女生都點一杯可樂，千萬別最後一個離開。一定要邊對自己說「看吧，她們在說我了」，然後一邊離開才行，這樣就算她們說你的壞話，也比最後一個離開，而且一副被所有人拋棄的樣子還來得好。

永遠別殺害動物。任何動物都一樣。

永遠別把動物關在籠子裡。

在巴黎的路上開車時，永遠別輾過鴿子——這種事在我身上沒發生過，因為我還不到可以開車的年齡，可我算是把這個當成人生的一項絕對基礎原則。

永遠別穿迷你裙。

永遠別參加舞會。我曾經參加過一次，這樣就夠了。我們可以參加舞會一次，而且一次就好，好看看舞會是什麼樣的，然後就不應該再接受邀約了。舞會絕對是傻到不行的東西。

當遇到某個地方標示著「草皮勿踏」，永遠別遲疑，繼續往前走。

永遠別撐傘，就算雨下得很大，因為撐傘會讓你立刻被歸為可笑的人類。

永遠別看《達拉斯》這齣電視連續劇，也永遠別看《香榭大道》這個綜藝節目。唯一可以在電視上收看的好東西，是一九四〇年代的好萊塢黑白電影，或是《快樂農夫》這齣電視史上最白痴的連續劇，不過這齣連續劇實在白痴到棒呆了的地步，甚至比棒呆了更棒，超級珍貴的！

永遠別給頭髮剪層次。

永遠別在公開場合或是上課時吸拇指。

永遠別在經過麥當勞時不停下來至少買個奶昔、薯條或是大麥克什麼的，因為將來法國不會再有麥當勞。我是在報紙上讀到這個消息的，所以得趁著還有麥當勞的時候好好把握。啊，希望 Free-Time 能夠繼續留在法國，我覺得 Free-Time 比麥當勞更棒！香榭大道上就有一家。他們家的漢堡比麥當勞更好吃。

永遠別先跟男生說話。得等他們先來跟你說話，要是他們來跟你說話了，那你的眼睛得一直認真地看著他們，這會讓他們的心靈以一種絕對星際性的方式受到創傷。他們不知道接下來該說什麼，而且當我們像這樣盯著他們看，他們的樣子就會比平常還蠢。

永遠別讓男生牽你的手，也別讓他親你，除非你以一種絕對全球性與確定性的方式愛他。

永遠別信任任何一個老師——或許除了音樂老師之外，因為她是唯一親切的人。我們的音樂老師，是一個很了不起的女人。

永遠別信任任何公車司機。他們經常會以找你零錢的藉口，等你為了拿錢靠近他們，就趁機摸你屁股，可是因為你沒有月票，所以只能繼續拿錢買票。

永遠別穿直筒風衣、Levi's 501牛仔褲（不能是別的型號），別穿從爸爸那裡偷拿的V領毛衣（當他懂穿搭的時候，他會穿V領毛衣，而不是花花綠綠的外套）或寬大的男性鈕釦領襯衫。永遠別做冬季穿搭，就算你一直覺得很冷；永遠別做夏季穿搭，就算我們因此而全身是汗。

永遠別戴著隨身聽耳機走路——那是絕對蠢蛋的基本配備。

永遠別有葛芬柯有一天會死去的想法。

永遠別戴手錶，這會讓我們能夠問陌生人甚至是大人現在幾點，也能夠驗證他們的教養好壞，以及有沒有與陌生女孩進行對話的能力，而不是對我們連正眼也不瞧地快速閃人。

永遠別絕望。

要一直望著天空。

11

我更常望著天空，也盡可能地望得更久。我從教室的窗戶、房間的窗戶，或是當我成功被送到保健室，從那裡的窗戶望著天空。還有走路的時候，我也會望著天空。我認為若是一直望著天空的話，就能夠永遠居住在那裡。

天空，是唯一我真正感興趣的東西，我並不了解介於天空與我們之間的是什麼，也不懂天空在真正成為天空之前的那片空無。我的意思是，在天空與我們之間真正成為藍色或灰色（依據有沒有雲而定）之前，有某種空無，沒有顏色，既不屬於天空，也不屬於地球。而這種空無，我該如何稱呼呢？我覺得，在心神飄入雲朵，或是置身於因季節而變化的藍色或灰色之前，最難以穿越的便是這片空無。

當我想要到天空去的時候，這塊區域總是最難以克服，就如同一面房間牆上的鏡子，只是當我們伸手摸那面鏡子時才發現並沒有玻璃。我們在全神貫注的同時，以雙眼與頭腦前行，卻還是在那片空無當中，尚未能順利飛入上方高處的藍。有的時候，我會完全無法穿越那片空無，因而覺得內心同樣空無。

我想要能夠與天空時時保持立即的直接關係，而不是得努力一番才能夠穿越那片空無，可是那很難。

12

所以星期天的早上（我重說一次），吃完早餐之後，因為爸媽一直都在房間裡沒出來，我覺得實在太久了，於是就把自己關在廁所裡。

關於廁所，那些爸媽根本不了解他們孩子總是躲在廁所的主要理由。那是因為我們能夠透過門鎖或門栓把自己關起來，不與誰接觸。要是他們偉大到准許我們的房門裝鎖或是上掛鎖，我們也不會想一輩子都在廁所裡，可是因為他們總是隨隨便便就進我們的房間，還不敲門，這是要我們怎麼不往廁所躲呢？我呢，我爸媽不會經常進我房間，原因只是他們經常不在家，不過他們也是習慣不敲門就跑進來，因此我也不得不更常往廁所去。廁所就成了我的第二個房間。

事實上，我們家有三間廁所。後門的樓梯平台上有一間，不過除非我的廁所因為我放進去的東西給堵住了（水電工一個月起碼會來修理一次，我們的修理費簡直是天價，讓我媽媽老是抱怨個不停），不然我才不會去。另一間在我爸媽的房間，那一間我也不會去，因為媽媽討厭別人進去，而且馬桶蓋上鋪的那層毛茸茸的粉紅色紡織毯還是濕的，此外，浴室其他部分也都是粉色的，我覺得這個品味超低級的。最後一間，就是我的廁所。

為什麼它會變成我的廁所，是因為我在裡面逗留得太久了，爸媽放棄使用這一間，而在我真正長大後，他們幾乎就隨便我進進出出這間廁所，在裡頭要待多久就多久——但是，我爸爸覺得一星期平均二十個小時讓人火大。他一定是誇大了。

我的廁所就位於我的房間與廚房之間，以及我的房間與飯廳之間的走廊上。一開始每個人都能使用這間廁所，我不知道為什麼我爸媽要那麼做：他們在門上擺了一面大鏡子，當門關上時，那面鏡子也就正對著坐著的我們。在他們為門上裝鏡子的那一天，我不知道他們為什麼要這麼做，這簡直犯了一個國際級的重大錯誤。萬一有一天我有自己的房子，有自己的孩子，我不會做出一樣的蠢事，因為在廁所擺鏡子，會使一星期逗留在廁所裡的平均時間起碼多出十個小時。總之我呢，以後不會在廁所裝鎖——小孩的房間倒是會，而且我也不會擺鏡子。

那是一面沿著門垂直擺放的長鏡，整面門都讓這面鏡子給佔據了，所以當我坐著時一定會把自己從頭看到腳。在尿完之後，我不會立刻穿上褲子，而是站在鏡子前端詳著內褲卡在腳踝上的自己。有些時候，我會懷疑自己是男生，只是因為小雞雞非常非常小，大自然意外讓它從體外往體內長。確實我開始長胸部，可是由於我的身高不斷地增加，身材又很瘦，就算整天吃個不停，而且還只吃熱量超高的東西，我的胸部還是扁平的，似乎男生開始長大的時候，就跟這時候的我一樣，胸部也是會變大。甚至聽說只要按壓的話，就會有乳汁跑出來，不過我倒是還沒發生過。

我有長毛，不過顏色還跟我的髮色一樣，不像我媽媽是全黑的，但是她的髮色是亮亮的橘。我的毛雖然還不多，但也夠我確認自己長得並沒有不正常。當我回頭看著鏡子的時候，我會彎腰把頭往雙腿中間伸，好看看自己的背面，也就是我會看見自己的頭夾在雙腿之間，也會看見自己的屁股和背部。就這部分而言，我也長得完全正常。我重新坐回了馬桶等著確認自己有沒有流血。

我看很多書，從來就不會神經到去廁所不帶一本書和好幾份報紙。我甚至還要求我爸媽在廁所裝幾個架子，讓我擺廁所裡的書，這樣才能夠認真讀書，但是他們說不行。結果我怎麼做呢？我把書往馬桶的左右兩邊疊，然後這兩疊書就越來越高，越來越高，然而奇怪的是，我經常在每一疊的最底下發現自己很久沒看、而且還忘記內容說些什麼的書，我也總會訝異地發現自己竟然不知道在廁所裡讀過哪些書，內容在說什麼。

原以為這是個除了看書以外沒有其他事可做的場所，所以我會非常專心，結果卻是相反。我打開一本書看，然後什麼都沒學到，這一定是我心裡面想著別的事情。娜塔麗曾經跟我說過，她上廁所和躺上床的時候都會做同一件事情，那就是摸自己的「妹妹」好讓自己舒服，她說最後真的有舒服的感覺。我也試過，可是除了把自己弄疼，覺得不開心之外，什麼都沒有，我還是原來的我。我覺得一定是因為對做這件事來說，我太年輕了，我認為娜塔麗也是。倒是就我們這個年紀來說，我們可是什麼都知道，畢竟雜誌啦、報紙啦，還有一些噁心的東西都會講這件事，所以我們總得要試試，對吧！我後來並沒有再去嘗試，因為那會讓我又氣又不舒服。我還刺痛了好幾天。

當我終於聽見爸爸的腳步聲時，我正在想這些事。我認得他的腳步聲，通常比媽媽快，因為我媽老是拖著腳走路，而我爸走路總是急匆匆的，真不知道他們倆有什麼共同點。

我聽見他在門前停下，說：「史黛芬麗是你嗎？」

通常我連回都不想回，因為笨問題就不用再深究了。當然是我，不然會是誰？貓王嗎？不過由於我之前離家出走，所以感覺應該要忍住脾氣，於是回答：「對，是我。」

這個對話可以說相當強而有力，也非常有獨創性。

他對我說：「你吃早餐了嗎？」

「吃了。」

「現在你在做什麼？」

我回答：「沒做什麼。」

「好吧，你知道哪裡找得到我吧。」

年度最神對話結束。

我聽見他走往廚房去。我一直站在原地不動，心裡猜想他要做什麼。平常他都會評論我花了多少時間，以及我所打破的世界紀錄：耗水紀錄（為了表示我在廁所裡——或屋子的其他地方——所進行的是「正常的活動」，我經常按下沖水鈕）、衛生紙消費紀錄、逗留時間紀錄等等。當我爸提出對人的批評與看法時，有的時候是挺有趣的，可是此刻他的作風與平常截然不同。他的聲音聽起來頗為尷尬，我一直聽見我媽經過走廊的聲音，於是決定去看看他到底想要怎樣。

但是我應該待在原地不動的。

他讓我感覺有點害怕，因為他竟然叫我「史黛芬麗」，平常都是用別的名字叫我，像是：史黛菲、史黛、史黛花、妮妮、芬妮、芬奈特、那個史黛芙、史黛福，他總是能夠找到不用本名叫我的方式，這也讓我以為他比我更討厭我的名字。可是現在，他就這麼直接而完整說出我的名字，讓我有點怕。當爸媽對你說話，沒有用其他的方式叫你的名字時，就得小心了，因為他們是認真的，當他們認真的時候，永遠都不會有好事。

當我走進廚房的時候，反而是爸爸一臉看起來非常害怕的樣子，甚至在看見我的那一刻，還差點打翻他放在桌上的那杯茶。

他對我說：「這場嘉年華是怎麼回事？」

「什麼嘉年華？」

「哎，你有看過自己的樣子嗎？史黛花，你看看自己，一副小丑的樣子。

連科學怪人看見你都會害怕。」

「啊！你真好心，多謝啦。」

他對我說：「喂，說真的，你這個樣子是要學誰？」

我於是發現讓他害怕的是自己長久以來的習慣：我臉上的藍色抗痘痘口罩，還有那頂紅色羊毛滑雪帽等等之類的東西。這些東西讓我覺得好笑，可是我爸並不覺得。我感覺他其實滿開心我做這樣的怪異打扮，因為他起碼可以罵罵我，也找到一個不用正經對我說話的好理由，我其實也覺得這樣很好，因為我莫名害怕他要對我說的話。於是呢，我們兩人的表現彷彿在星期日早上穿著一身紅或藍、腳上套著太空人的滑雪靴是件重要的事，而這也省得我們討論人生大事，可是這狀況不能維持個一百零七年。於是他再對我說了一次：「史黛芬麗，我得和你談談。」

「爸爸，要談什麼？」

「呃，談你。」他接著說：「我和你媽媽都很擔心你，我們得讓你在一個更安全的基礎上重新出發。我和她昨天聊了很久。」

我認為媽媽他們應該在晚上的時候和朋友又討論起我的離家出走，因為我注意到，只要他們對我的事情有任何問題，就會打電話給一大堆朋友問他們意見以及該怎麼做，就好像他們沒有能力自己決定一樣。爸爸說：「那一晚你睡哪裡？」

我回答：「一個男生朋友家，這個人你不認識。」

「不要因為我不認識他，你就不跟我說他的名字。這個朋友有爸媽吧？那時他的爸媽都在嗎？」

「他們當然都在。爸，你別擔心，他家就在這附近，我只是在他們家過夜而已，沒什麼的。」

「好，快去換上正常的衣服，因為我有事情要認真地和你談一談。回你房間去，等到你換上正常的模樣，再回來這裡。我才不要跟嘉年華女郎說話。」

「爸爸，什麼叫正常的模樣？」

「別裝了，立刻去換衣服再回來。」

我回到房間，由於我這個人就跟他一樣聰明（有的時候，我甚至還覺得自己比他聰明），所以我懂他是要我走開，因為他不敢和我談別的事情，也想要多拖一點時間。這一次，我的動作超快的；我快速地卸妝，摘下滑雪帽、浴袍與靴子，換上日常穿的衣服，故意立刻回到他面前，免得他走掉或是改變主意。見我這麼快就又出現，他一臉驚訝。

「這麼快？」

我說：「對啊。」

他什麼都沒說，我爸爸的眼睛上方有兩道黑色濃眉，他會花時間用指頭一根根地扯下眉毛。眉毛從他眼前掉落在廚房桌子的白色蠟布上，就好像他想要計算數量有多少。這真的會給人一種超級恐怖的印象。

我對他說：「爸爸，拜託，別這樣。」

「別哪樣？」

「拜託你別扯眉毛，否則你以後就沒眉毛，別人也會以為你得了一種很嚴重的皮膚病，然後你就會像白子一樣。」

他微笑，想要抱抱我，只不過由於我們家已經喪失了擁抱的習慣，他只好用力拉著我的肩膀，硬讓我往他的懷裡靠，害我差點扭到，所以我往後退，他露出了尷尬的表情。我對自己說，我和他一樣尷尬，而當下所發生的一切，讓這頓早餐不怎麼正常，因為我們沒說什麼嚴肅的事情，可是他看起來就是有事情要跟我說。但我沒什麼事情要跟他說的；要說話的人是他，不過他閉上嘴巴，繼續扯他的眉毛，我受不了了，於是先開口：「爸，你到底要跟我說什麼？」

他聽了頗為吃驚。他望著我，對我說：「我嗎？沒什麼特別的，為什麼這樣問？」

「你剛才跟我說要認真地和我談一談。」

「對，就是，為什麼你那一晚在外面過夜。」

「因為你們都不在家。」

「這不是理由。你總不能每次我和你媽回家有點晚就離家出走吧？」

「那不是離家出走。離家出走是有人拿自己的包包走人，然後有人在咖啡廳、地鐵的走道、報紙，到處張貼或刊登尋人啟事才是。況且你們自己也知道那不是離家出走，因為你們根本連報警都沒有！」

他對我說：「這個女生很厲害嘛！或許你希望我們報警？」

「那起碼證明你們還有點在乎我。」

他對我說：「親愛的，你在想什麼啊？我們都很在乎你，是你媽媽真的很擔心，我得先照顧她。你媽媽很痛苦，相信我，她真的很不好過。」

他的這些話讓我氣到不行。什麼他得先照顧她！我有可能人正在外頭，在巴黎大堂，被幾個小混混強暴，而他呢，居然得先安撫我媽！我覺得這一點都不公平。

我對他說：「要是我沒回家的話，你會怎麼做？你會繼續照顧媽媽的需求吧？要是我真的去很遠的地方呢？」

他看著我，說：「史黛芙，我親愛的，你為什麼這麼討厭你媽？」

我不知道該怎麼回答，只好哭了起來。他一把抱住我，動作很靈巧，似乎在他想要抱我的時候，就完全不笨手笨腳了。在他的懷裡哭，讓我覺得好多了。當他輕撫著我的頭和頭髮，對我說，我是他的寶貝女兒，我會越來越好時，我忍不住越哭越慘。但沒有大哭，也沒有像獨處時偶爾會有的大哭大叫，而是為了把自己掏空所以輕輕地哭，哭完後就會覺得舒服多了，就像連續好幾回打噴嚏一樣，把髒東西清掉。我們倆就維持這樣的動作好久，之後我才重新坐回自己的椅子上。

他對我說：「史黛芙，你還是沒回答我。」

「爸爸，為什麼你晚上的時候從來都不陪我？為什麼你們倆從來都不在一起？」

「親愛的，問問題的人是我，不是你。」

「我也不懂自己為什麼不能問問題。你們倆每晚都在外面做什麼？而且還是各做各的？」

當我問他這種問題時，他總是不高興。他對我說：「喂，史黛芙，我們的事情你管不著。」

於是我說：「好，那在這種情況之下，我的事情你們也管不著。」

「你要我賞你一巴掌嗎？」

「你敢？反正我習慣了。」

「哼，史黛芙，你是在對你爸爸說話。口氣溫柔一點。」

他讓我愣住了。因為我注意到，通常當對話像這樣變得激烈的時候，就好在沒有彼此惡言相向，但也沒有人想要和好。我和女同學就經常這樣，我們互不理睬，互不說話，直到隔天為止。像這樣，沒有人會承認誰對誰錯，所以大家都贏，可這也代表著大家都輸。不過爸爸真的讓我愣住了，因為他換上了一副非常親切溫柔的聲音，甚至還完全轉換了話題，他對我說：「你沒戴滑雪帽時，髮型很好看。你知道嗎，你看起來很可愛。你現在要把頭髮留長嗎？」

他這麼說或許是要讓我開心吧。我其實不能說自己沒有因為他說的這些話而開心，畢竟家裡從來沒有人說我漂不漂亮，或是穿得好不好看；沒有人對我說我很美。不過我還是覺得爸爸誇大了，我對他說：「爸，你太誇張了。」

「為什麼？」

「因為你老是轉移話題，而且你還跟我說，你想要認真地和我談一談。」

他對我說：「沒錯，你說得對，你知道的吧，我和你媽現階段並不好。」

我感覺他想要跟我多說一點，可是他不能，或是不想老調重彈，而我呢，不知道為什麼，我不假思索地對他說：「爸，你發誓你們不會離婚。」

他一臉超驚訝的。他壓低聲音，環顧四周，彷彿有人正監視我們，然後對我說：「你為何這麼說？你為何這麼說？是誰跟你說的？」

「爸，你向我發誓吧。」

「史黛芬麗，不可能的。你到底在想什麼？」

他似乎正在為自己辯解，我甚至以為他的眼眶還含著淚水。

我對他說：「爸，為什麼你不發誓？」

「如果這會讓你高興的話，那我就向你發誓。」

我應該看起來像是如釋重負了吧，不過他又對我說：「好，假設有一天那真的發生了，假設啦……我和你媽媽真的走不下去，甚至還分開——我可沒說離婚，我是說分開——難道你不認為那樣會對你比較好嗎？而且你從只有一個家變成有兩個。」

「爸爸，拜託你別這樣說，我會難過的。」

他對我說的這些話，讓我肚子好痛，可是那種痛跟我吃太多巧克力酸黃瓜，或是當我以為自己那個要來了，可是其實並沒有的疼痛並不一樣，而是以某種不同的方式疼痛。葛芬柯過來了，牠應該在我房間的電暖器上睡飽，才過來爬上了我的膝頭，我輕輕地撫摸牠。

我爸爸看著我摸貓，接著又開始說話，只不過聲調恢復正常：「反正問題不是這個，不過……」

他沒說下去。我不知道自己是不是應該對他說點什麼，像是：「你的『不過』是什麼意思？」

我遲疑著。其實我根本煩得要命，這段對話該死地要摧毀我。正當此時，傳來了媽媽穿拖鞋拖著腳走路的聲音，還有像是從一起床到此時此刻——也就是五分鐘——總共吸了八百一十二支香菸的咳嗽聲。我爸爸立刻裝出忙碌的樣子，站起身來，特意大聲對我說話，好讓我媽媽也聽得見：「好了，我要跟你說的就是絕對不要再有下一次。」

他站起來，在穿著髒紫色睡衣的媽媽踏進廚房之時走了出去，而我也沒了聽她咳嗽與抱怨的力氣。我心想，反正媽媽在週末的時候，只要醒來的時候像這樣心情壞到不行，最好還是讓她獨處個一個小時——或是起碼讓她喝完第四杯咖啡，於是我回自己的房間。媽媽喝咖啡用的是大碗，而她喝的不算是真正的咖啡，反而比較像是黑色的湯。

當葛芬柯尾隨著我一起回到房間的時候，我再次想起了和爸爸的那場對話，於是快速地寫在筆記簿上以免忘記，因為我發覺他肯定是對我說了一些重要的事情，只不過我不大清楚到底是哪些事情。晚上在整理隔天星期一上課的書包和課本時，我重新讀了我們的對話。

我對自己說，爸爸騙我，他其實想要離婚，並把我單獨丟給媽媽。我想他要對我說的就是這一些，也相信他在發誓的時候撒了謊，不過這倒不意外，做爸媽的從來就不會說真話，就算發誓，也不會認真看待自己的誓言，所以我們永遠都不能相信他們。況且他們會故意看著你的眼睛，好讓你以為他們是真心真意的，不過這招對我沒用。當爸媽太過認真看著你的眼睛，就表示他們準備撒比平常更大的謊。

我睡得很不好。我夢見自己掉進了洞穴裡。

14

隔天早上，我回到了農場，就像爸媽得回辦公室上班一樣，我們則是得回學校。他們會跟我們講像這樣的話：「啊！我累死了，在公司裡真的忙壞了！」可要是我這麼對他們說：「我累死了，我連上了八小時的課。」

他們會盯著我看——尤其是我媽媽——好像我說的是髒話，因為他們沒辦法理解老師派的功課、我們上的課，以及所有該學的、該寫、該歸納的東西，還有和女生朋友講的垃圾話、下課與放學時我們之間所發生的糾紛，這種種一切隨時都在發生，而也由於如此，我們會覺得累、覺得煩躁，但是他們不明白我們會死掉。當我們從農場（也就是學校）回到家的時候，完全如行屍走肉。我一直覺的，在那裡他們把我們當動物一樣對待，方式跟我面對動物時完全不同（這裡說的動物是指我的貓，而不是「牲畜」——對，牲畜，就是這個詞！）。

在學校，我們待在這個爛教室的時間，比待在自己的房間或是床上還多；

也比我和我的貓或是我喜歡的人在一起還多——要是我喜歡和人接觸的話，我的腦袋、雙手，甚至是整個身體就會有得忙，而我就是想要避開這種狀況，所以才常常躲去保健室或是老說自己肚子痛，要求離開教室。不過，其實我們也可以擬其他的方案，像是生病方案、尿尿方案、「把包包放在前一間教室裡，忘了帶回來」方案、「老師，我身體不舒服」方案。畢竟我們大致上都被這一切給完全禁錮，永遠不會有意外或是驚喜發生。一個沒有意外或驚喜的人生，就不是人生。

幸好我們還有音樂老師在。我們的音樂老師是一個很棒的女人，大家都覺得她人很好。她的年紀不像其他老師一樣大，而且非常漂亮，有一頭及肩的黑色長髮，穿著打扮不像個老太太，但也不會故意裝年輕或是趕流行。她的名字叫妮可，我不能說這是個令我震撼的名字，但是就她的情況而言，名字並不重要。她以前曾經在留尼旺島當過三年的老師，現在回到巴黎，不過她經常提起想要回島上或是到別的地方去，她覺得巴黎的生活一點都不好玩。她會在課堂上跟我們說這些。在視唱練習之間，或是在教我們吹笛子之時，她會暫停授課，然後跟我們聊天。這真的會讓人心情頗愉快的。我知道很少有老師會這樣做，她讓人感覺是真正想知道我們心裡的想法。她不只試著教導我們，還跟我們說了一些事情。

「你們喜歡在大城市生活嗎？」

大家都回答不喜歡，都想在別的地方生活，像是鄉下、國外，或是和妮可一起去島嶼。我則是對他們說，我想要在美國當農婦，所以我就和那些說不喜歡在巴黎生活的人同一國。妮可經常這麼說：「因為灰撲撲讓人受不了。」

這句話讓我大為訝異。「因為灰撲撲讓人受不了」，她真是位女詩人，說話的方式幾乎和那個人——也就是鮑布羅的弟弟——一樣。她有些字詞和句子，我不知道該怎麼說，總之很特別就對了。她說的任何一切都讓我很有興趣。其他的老師經常讓我打瞌睡——當然眼睛還是張著的。別人會以為我很認真，可其實我已經在窗戶另一邊的天空裡順利加入那群飛來的鳥兒，或是真的睡著。那是因為他們用的字字句句都很催眠，我感覺整個人變得很沉重，彷彿喝了爸爸帶回來的美國啤酒，我感覺不到自己的指尖與腳趾，可是並沒有睡著，別人甚至還會以為我專心聽講。

然而從成績單上還是看得出來，因為老師他們經常會寫這樣的東西：「分心，不專注，似乎對課程沒興趣，心不在焉。」我與娜塔麗、蘇菲、瓦樂麗和茱麗她們確認過了，我們幾乎都拿到了同樣的評語。也許我們都染上了同一種病吧，不過反正我們也試著想讓別人這麼以為，因為前幾天，副校長把我們五個人都叫過去。她教訓我們，說我們是學校裡女生最壞的一個年級，還說她在學校三十年來從沒見過這種情形。

她說：「你們每個人都無精打采、懶惰、什麼都提不起勁來，你們的父母對我說那是因為你們正在成長，正處於一個很辛苦的年紀，正經歷青春期、青少年時期等等的，可是小姐們，我們都曾經是青少年，不過我們可都很『專心』！」

我們的女副校長似乎對自己剛才說出的話很滿意，於是又重複了一遍：「我們可都很『專心』！」

大人彼此都很像。我爸也是這樣，但我媽更不用說了，更糟——當他們一旦發現某個句子或是某個字詞合他們的意，他們就會重複說上好幾次，彷彿我們第一次沒聽懂。所有的老人都這樣，讓人不禁以為他們當對方是笨蛋、智障，因為他們會將人類在正常設定之下第一次就會懂的東西給重複個三遍。我經常會聽他們說話，然後數重複的次數，我甚至事先就能夠預測得到，這真的讓我瘋狂。

比如：

「呃，對，我吃得很飽。」

哈，就是這樣，他們會重複一次：「吃得很飽。」

或是像我媽媽的女生朋友：「你不知道有多可怕，我差點就走了。」

每次都會這樣：「可怕，我差點就走了。」

他們彼此當對方是腦袋有洞的蠢蛋，而當他們對我們說話時，似乎把我們看得比她們更無腦、更蠢。同樣的東西，他們可以重複個三或四次，真的是個奇蹟。

我看著副校長，在心裡對自己說，她一定又會再說：「我們可都很『專心』！」——我心想，她肯定會再說那一句話，但是我畢竟沒有那個人的超能力，儘管我嘗試給她發送電波，她還是沒收到，所以沒有再重複那一句話。我們走出她的辦公室（有的時候我會像這樣從心裡發送電波給人，讓對方做出或是說出我想要的事情。有的時候是真的有效。我不像那個人一樣擁有宇宙全面的力量，可是我的心裡多少還是有一或兩道電波。說到電波，其實不應該過度使用，否則就會完全失去，我們也就變回了普通人）。

音樂老師妮可就從來不會重複她自己的話。她隨時都能口出驚奇，這就是我們喜歡她的原因。她應該還是活著的，對，事實一定就是如此。其他人呢，不只是老師，一般來說是所有的大人，我非常認真地認為他們都已經死了，但是他們本人卻不知道，這當然是讓我最害怕的事情之一，我怕當我長成一個女人之後是不是就會死了？我會不會是一具活屍？

或者：當我們長大了，要如何做才能活著？

我從來就找不到人能夠回答這一類的問題，就連那個人也回答不出來。讓我心裡面非常焦慮的事情並不只有這個，但是我不會學茱麗去看心理醫師。不過，我很希望有那麼一天遇見能夠回答這類問題的人。要是我長大之後，找到了答案，或許我就會把這個當成職業：回答那些十三、四歲、已經不是小屁孩但也還沒老的人所提出的問題。或許在當美國農婦之前，我會先從事這個職業吧。我會在一年之間回答與我同齡的女孩所提出的問題，我會願意幫她們的忙，因為沒有人幫我的忙。對整個人生而言，這將會是我的善舉。隨後，我會和我的合夥人一起養牛，可能是在賓夕法尼亞州，或是在阿肯色州，確切的地點我還沒決定，不過反正大家暫時不會再見到我。

15

我們的音樂老師妮可，以一個大大的笑容迎接我們，彷彿想要送我們個禮物：「今天，我們不上課，你們不用打開書包或袋子。我帶你們去看一個有名管弦樂團排演。」

我們全都大叫起來：「哇！太棒了！讚！」然後，大家準備和妮可一起到第八區的香榭大道戲院。

看來，這場活動早就提前安排妥當，記得我們還曾經被要求提出一張簽了名的父母同意書，不過大家都忘了交，本來以為事情就會這樣不了了之。但現在又出現這樣的意外驚喜，可以想像得到，妮可有多期待這個偉大的管弦樂團在巴黎演出。總之，這個活動安排讓大家都樂翻了，我們搭上巴士，抵達戲院大廳，大廳裡的人稀稀疏疏的；一排排的扶手椅那裡有幾個人，不過穿著都像音樂人一樣休閒，大家知道這是個排演，但還是很正經。對我來說呢，這是我參加的第一場演奏會。

這個管弦樂團的指揮是一位名叫慕提的義大利人。他長得超帥，外表並不時髦，也不像搖滾歌星、電影明星或是網球選手，他有一張像在戲劇中才會看得到的臉：皮膚光滑，而且是標準、好看的臉──我猜可以這麼說。他的身材結實魁梧，大部分的時候，我們只看見他的背影。他穿著一件羊毛衣，不過我們在他晃動身子或是身體朝著樂手、樂譜前傾時，經常看見他的背後與肩膀上的肌肉，就像樵夫或其他差不多的男子漢一樣令人印象深刻。我坐在妮可旁邊，坐在我右邊的茱麗不停地跟我說：「他好帥喔！你看他是不是真的好帥！」

妮可比出手勢示意她安靜，不過茱麗說得沒錯，這個男人長得真是帥。妮可在公車上已經告訴過我們什麼是排演，而我們進入演奏廳之前，她在大廳裡又對我們解釋了一遍。排演的時候，他們重新反覆練習某些東西與某幾段樂章，或者回頭重新再來一次。通常是演奏一部分，不過到最後，起碼會有一次一口氣「咻地」──妮可是這麼說的──演奏完一首樂曲。她要求我們做筆記，所以我才會記得這麼清楚。我和茱麗在排練的第一場時聊天聊得太誇張，所以妮可把我們分開，她說：「史黛芬麗，你別讓我失望。」

這句話讓我有些生氣，但或許也是對我好。她讓茱麗坐另外一排，而我則是繼續坐在她旁邊。後來她牽起我的手，把我拉到離樂團近一點，幾乎是第一排的位置上坐，對我說：「現在，你得好好地沉浸在音樂裡。」

樂團指揮要大家保持安靜，我明白他即將要排練一整首的曲子。我從下方望著他，為此得稍微抬著頭，不過這也好，因為我聽妮可的話，將對天空與鳥兒所採取的方式用在音樂上，努力地照她所說地專心沉浸。通常要沉浸在某些事物上是很困難的，因為沒有什麼督促的力量，除非是出於自己的意願。當我為了去到某個地方而嘗試飛上天空時，除了我的心意之外，沒有什麼可以讓我啟程，不過此刻這個過程真的很棒，因為是音樂迷住了我，是它主動靠近我。當指揮一下動作，樂團開始演奏，我感覺自己完全沉浸其中了，真的很奇妙。

這是我這輩子第一次有某樣東西像這樣發生在我身上。相較與鳥兒在天空飛行的時間如此短暫（這已列在我的「短暫歡樂時光」清單上），這場樂團的排練不但漫長，而且比起許多我在腦海裡想著要做的事情還棒，我實在得擬出一份新的清單，好將這個時刻列在裡頭。樂團演奏的是貝多芬〈田園交響曲〉的前兩個樂章。

事後我當然買了唱片，有時候會在家放來聽，但就是和在劇院感覺到的不一樣，真的很奇怪。他們賣所謂的「高傳真」的東西給你，讓你戴上耳機等等這些東西，聽說聆聽的感覺還比在演奏廳來得好，可是這又是一場「國際級的謊言」！現在既然我已經親身體驗過了，我可以說在這世界上，沒有什麼可以取代在樂團下方第一排，直接接收音樂，並且如同沉浸水中般的沉浸其中。我甚至確信要是習慣養成了之後，你就會討厭買唱片或是錄音帶，因為當我們一旦體驗過了某個像這樣「完美的、如恆星般的」東西之後，誰還會想要次級品或是縮水的版本呢？

要是我打開這本筆記簿，在上頭寫下生活中所發生的事情，那是因為有成堆的理由，其中一些我已經解釋過了，可我相信也是為了想自我提升。這也是那個人教我的：「得『自我提升』！」

透過重新讀自己所寫下的東西，我終究能夠明白有哪裡不對勁，以及為何我的心情如此不好。或許我也能夠讓自己脫胎換骨，可麻煩就在於我的詞彙量不夠……我這個人真的很貧乏，一無是處。我是一個愚昧無知的人。別人什麼都沒教我，而我的爸媽也沒做些什麼來幫助我：他們沒為了讓我喜歡音樂、藝術等等相關的一切而努力。

就拿音樂來說，我真的很想創造一些詞彙好述說音樂對我所造成的影響。我想，一定有成堆的形容詞、動詞、副詞以及圖像可以描述，可我一個都沒有；當我再次提起、想起，並且提筆寫下的時候，除了心裡的悸動之外，什麼都沒有。然而所有的那些形容詞、動詞、副詞與圖像仍不足以述說當慕提的雙臂在我與樂手的上方揮動時，我心裡所有的想法。有的時候，我只是看著他身體擺動，看著他的雙手四處揮舞，在空中描繪出樂手只能以樂器——尤其是小提琴——展現的音符。其他時候，我會閉上眼睛，不過很奇怪，會感覺他似乎繼續在我的腦海裡打節拍與指揮；在我閉上的雙眼的另一邊，他的雙手與指揮棒的動作一直都在。

妮可向我們解釋交響樂與「田園」這個詞。她告訴我們，與貝多芬譜寫的其他交響曲相比，這首交響曲想要傳達的是什麼。不過她人很棒，而且從不會強迫我們做事情，也不會試圖以我們的角度思考，因此她對我們這樣說：「這些你們別擔心，音樂所啟發的，與一個老師、一則評論，或是你們爸媽想要賦予音樂的意義，毫不相干。」

我明白她想說什麼，可是當慕提與他的樂團一起演奏，尤其是在暫停一小段時間（在我的想像之中，那是喘口氣的時間）之後所演奏的第二樂章，我知道妮可想說的是什麼了。

通常「田園」這個詞引人聯想的是原野、牧場、葡萄園、羊群、河流，特別是我心心念念的都是在美國當農婦的計畫。可是當我聆聽樂團演奏時，一直都沒想到田園。事實上呢，我並沒有想像著動物、景色，也沒有什麼與已經存在、而且我也已經認識的東西相似。在我身上所發生的是，我與音樂一起旅行，當樂曲來到快速的段落，樂音高低起伏，在那當下，慕提整個身體擺動得像只風帆，我也感覺到自己的速度飛快，並且忽上忽下。當音樂恢復平靜，速度也放慢，而法國號、喇叭、雙簧管（妮可要我們記下所有樂器的名稱）齊奏並且拉長樂音，我也感覺自己獲得了休息，就如同一個緩緩消氣的氣球。當音樂又以快速度重新奏起，伴隨著生硬且重複的敲擊聲或是一些大動作，而慕提給人彷彿想要將整場帶著走，於是以強壯的手臂征服這一切的印象，我便有種感覺，彷彿自己比平常生活中的那個我還強大個一千倍，並且能夠單手以一根手指頭舉起整排座椅。我整個人處於一種超不可思議的激動狀態。

在另一個時刻當中，這一切又狂暴來襲。慕提有著高額頭與一頭漂亮的黑髮，不過他的頭髮不長也不髒，他剪了個很棒又浪漫的髮型，不過當他爆發的時候，他的頭髮會隨著他的腦袋與手臂四處揚起，在這個時候，我只看他的頭髮，那真的超奇妙的，因為他的每一撮頭髮上都有貝多芬所寫的音樂——他的音樂自慕提的髮絲而生。

這個慕提真的迷死我了。

在那當下，我並沒有多想什麼，不過此刻在寫下這些內容時，我知道真正讓自己驚異的是這個慕提應該起碼有三十歲了，而其他的樂手——我沒看他們所有人的臉，可當然都是男人與女人，而不是像我一樣的年輕人——都是活著的！

他們生氣蓬勃，看起來對自己的工作完全樂在其中，尤其是慕提這傢伙已經是大人了，卻有辦法做到我在狀況絕佳、而且恆星級地專注時，在一秒鐘之內所能做到的事情，甚至還是毫無間斷地做到。我對自己說，他每一次指揮就會做到，這個傢伙運氣可真好！

我想著他爆發的時刻，想著他應該非常幸福，不過其他的樂手沒有不比他幸福的理由，不然他們就不會依從他以雙手與髮絲所說的話語演奏，我的身體也不會瞬間充滿神奇的幸福感。與他們沉浸在同樣的幸福當中，讓我的雙腿、腹部、胸口與心臟發熱，也讓我有想哭的感覺，我相信我的確哭了，可是這一次與平常我心情不好的哭無法相提並論，我的眼眶充滿了淚水，這個經驗真的感動了我。我覺得很好，很希望能夠就這樣持續一輩子，而「田園」也永遠不要結束。

像慕提、貝多芬、妮可這樣的人，他們讓我認識了我永生無法忘懷的東西。這些人都是神，他們讓我了解幸福真的存在。我寧願不把這些事情和想法和朋友們多說，因為就像是說起神一樣。要是我把對另一維度的想法（在我所認識的同輩當中，只有那個人理解這類型的對話）鉅細靡遺說給她們聽，她們啊，一定會把我當成一個瘋子，再也不跟我說話。

當排練結束，每個人都到了大廳時，茱麗對我說：「你怎麼了？」我忍不住告訴她：「真的很棒，很珍貴。我哭了。」

她一副生我氣的樣子，對我說：「哇，不錯嘛，別把你自己搞成這樣。」

不過妮可到了公車上才問我。她明白發生了一件對我而言非常重要的事情。我一直謝謝她，因為我真的感動到沒辦法說出別的話來，可是我相信她會懂的。

我經常會因為某人給了我某樣無法親手觸碰的東西，而向對方道謝（尤其是老師）。

當我在筆記簿上寫下這些東西時，我到現在還是受不了完全不知道有什麼字詞可以真正描述我的感覺。我想要隨時都有能夠描述事物的字可以運用。我認為像慕提、貝多芬這樣擁有這種才能的人，可以在一天當中的任何時刻裡讓自己幸福。這些人，就是幸運的人。

16

這段時間，讓我覺得奇怪的是，我不想把這件事告訴別人，甚至包括鮑布羅的弟弟。就連妮可，我也不想對她說得太詳細。至於我爸媽更別提了，貝多芬對他們而言複雜到懂不了，他們喜歡的是搖滾樂，所以我不用去問他們，當我們聽優美的音樂時，那種非常非常幸福的感覺叫什麼。

我認為唯一有辦法完全理解這一切，並且在談論這件事時也不會令自己失望的對象，就是葛芬柯。現在當我重新播放錄音帶或是唱片時，就算我認為感受沒有在香榭大道戲院裡因慕提的指揮所體驗到的那麼好，我還是很清楚葛芬柯會怎麼做。牠會以警戒的姿勢坐著，腳貼著腹部保持溫暖，轉頭對著機器，閉上眼睛一動也不動。就像我一樣，一切完全都在牠的腦海裡發生。樂曲沒結束之前，牠是不會動的，甚至連擺動耳朵也沒有，就像是一隻擺在古董店裡的陶瓷花瓶，只不過牠在貓鬚底下露出了一抹淡淡的微笑。我的貓是樂迷。牠真不愧是我養的貓，因為在妮可讓我體驗到這些之前，我從來沒讓牠聽過古典樂，所以牠並沒有受過薰陶。不過因為我喜歡上了古典樂，所以現在牠也喜歡，所有我接收到的電波，現在牠也接收到了。

我的貓，真的很可貴。

17

一份「真正可貴之物」的清單。

李查多．慕提指揮的貝多芬〈田園交響曲〉很可貴。

上層是香草，裡頭再夾進酸黃瓜的巧克力條很可貴。

當葛芬柯大聲地呼嚕呼嚕，讓人以為牠正在說故事時，很可貴，而且那也是事實。我覺得牠是真的在說故事。

當鮑布羅和那個人的爸媽還沒回家的時候，在他們家與他們兄弟討論生命與星際空間很可貴。

下雨時走在溝渠裡很可貴。

像美國某個男明星穿上風衣，或和某個女明星一樣在頭髮別上珠寶髮夾，很可貴。

大致說來，所有超過七十歲的人與小於十五歲的人很可貴。

關於拿撒勒的耶穌的義大利電影很可貴。

在蒙梭公園玩旋轉木馬的孩子，臉上所掛著的表情很可貴。啊，那個表情真的很可貴！很簡單，因為他們的心思已經飄走；他們的雙眼迷失在某個我不知道的所在，他們甚至因為太過專注於載著自己起伏的旋轉木馬上，所以沒了微笑。

我很愛他們，對他們毫無招架之力，當我看見小孩玩旋轉木馬時，就會想要有個弟弟或妹妹，不過我很清楚，我爸媽不會生的。我早就猜想過他們不給我生個弟弟或妹妹的原因了。我也有點羨慕那些旋轉木馬上的孩子，因為我越來越沒辦法像他們一樣專注，好讓自己能夠在身體待在原地的同時，去到遙遠的地方，可是那些孩子輕輕鬆鬆就辦到了。只要看看他們就知道了。只要旋轉木馬開始運轉，他們就不在了。

向上提升很可貴。

自由很可貴。

生命中有許多其他的事情都很棒，而且能夠讓你忘記地獄有時即是父母、國中、成長，月經沒有來等等——有許多其他的事情我喜歡，可是為自己擬一份「真正珍貴之物」的清單的好處，在於不要隨隨便便把東西列進這樣的標題裡頭。所以我擬了這份清單，而且就此打住，不會繼續。我覺得這份清單還不錯，而且相較於別人在一整天當中透過電視廣告、父母、朋友、男生、路上賣的與張貼的下流東西、購物中心——尤其是在香榭大道、拉德芳斯的四時商業中心與巴黎大堂——試圖要我做的所有蠢事相比，我的品味其實還不錯。

於是，這份「真正可貴之物」的清單就暫時結束。

18

今天下午，我們沒有陪大夥兒回家，而是在農場大門街口的咖啡廳逗留。關於音樂的那件事情依然讓我非常激動，那種感情還留存在我的體內。

我不能說很喜歡去咖啡廳，不過有時天氣晴朗而且我們幾個人都在的時候，我們並不排斥去那裡喝可樂或巧克力聊個天，但會避免去看經過身邊的路人。我們會走到咖啡廳的最裡頭，在彈珠台另一邊的長椅坐著。那裡沒有玩彈珠台的男生（他們會發出可怕的吵鬧聲），我們可以安靜地討論和說話。

茱麗在咖啡廳裡和我們說起快感。茱麗這一陣子對這個非常好奇，她媽媽帶回家的報紙她全都會看。她說，報紙上寫的都只有這個，她還說，以前那些給老人看的雜誌，說的是家具、廚房、戲劇和政治，而不會是快感。她說，可是現在報章雜誌寫的，都只有快感。她說她知道那是什麼東西，因為她媽媽是個記者，對，沒錯，就是為這樣的報紙工作。我跟她說，沒必要看她媽媽寫的那些雜誌，因為所有給「年輕人」看的報紙，也就是那些以蠢蛋歌手當封面的報紙也會說這個。不過茱麗她說：

「相信我，那些比較無趣，因為寫得較不好，描述的細節也較少。」

她讀到的那個東西，就是當你第一次有快感（不是指第一次性經驗）的時候，你會有什麼樣的反應，茱麗在文章裡發現到女人可以在做愛的時候沒有快感。我一直以為只要做愛就會有快感，但是茱麗表示事實正好相反，大部分的女人不會有高潮，有高潮是很罕見的事情。茱麗嘴裡說來說去都是這個詞，因為她才剛讀到也才剛學到，所以老是在對話裡拿出來吹噓。

她說：「啊，不，我們不可能像這樣就有高潮。高潮沒那麼簡單。」

娜塔麗說：「要是你真的懂那麼多，那就告訴我們，高潮來臨的時候到底會有什麼感覺？」

茱麗回答：「我怎麼知道？我又沒有過這個經驗。」

至於我呢，我說：「那你怎麼會知道高潮的感覺呢？還是跟我們說吧。」

茱麗說：「我認為那就像洗了太熱的熱水澡一樣，因為文章說會全身發熱、頭暈、不知自己身在何處等等等的。」

娜塔麗說：「喔，是喔。事實上你知道的沒有比我們多，而且那不是一種可以真正描述的東西。」她偶爾也會有沒那麼蠢的時候。

我想著那會像是在香榭大道劇院裡看排演的時候，慕提的音樂在我心裡所帶來的感覺，不過我什麼都沒說。茱麗說：「喔，你說得對，想知道的唯一方法就是去試試看，不過我的第一次還得再等等。」

蘇菲、娜塔麗和瓦樂麗於是說：「我們也是。」

我沒再多說什麼。那是當然的了，畢竟她們都已經來月經了，所以可以做愛，或許還有體驗快感。而我呢，實在慢她們太多了，所以老是感覺沮喪。我是一個生理落後的人，嗯，我的確就是這樣的人。

我不記得是誰開口問的：「人有快感的時候會不會叫出來啊？因為有本書上的某篇文章說，那個感覺會強烈到讓人很想叫，大家也經常會叫出來。」

我說：「我想，我爸媽應該不常做，因為我從來就沒聽過他們叫。」

她們都說：「我也沒有。」

娜塔麗說，有一次她去鄉下，住在他們那裡的房子時，她花了一整夜——總之至少有兩個小時——躲在爸媽房間的門後偷聽裡頭的動靜，因為她知道他們每一次到鄉下的時候就會做愛，不過她除了嘆息聲，以及床發出的嘰嘰嘎嘎聲之外，什麼也沒聽見。

我們於是發現我們身邊認識的人從來就沒有高潮過，而且快感就跟……沙漠中的水一樣珍貴什麼的，我不知道啦。就我個人來說，那是個超適合我的結論，因為我對自己說，那就像電波，像音樂，像天空裡所有吸引我的東西：要是太容易發生，就不有趣了。我認為呢，若一個人一年可以高潮一次的話，就一般來說已經很好了。

我的朋友們接下來開始想著最希望跟誰有快感，像是哪位演員、好萊塢明星、歌星等等等的，坦白說，我覺得超無聊的，所以去了廁所。這家咖啡廳的女生廁所與男生廁所的距離很近，要去廁所時會經過一條地面上鋪了磁磚的通道，當男生上完廁所回來時，就會和他們擦身而過。在我走到通道上時，有一個傢伙——不是男生，而是一個跟我爸爸或是芙羅兒爸爸同年齡的男人——背對著我，當他聽見我打開女生廁所門時，便轉身對我說：「你好啊！」

接著便從褲子掏出他的雞雞，真的很恐怖。那是一個白色的龐然大物，我覺得很不舒服，很噁心。他抓著那個東西，稍稍晃動一下，我除了立刻跑回咖啡廳後頭，到彈珠台另一邊的長椅那裡找我的朋友之外，別無他法。那個男人事後立刻再次經過我和我們幾個人的面前，到櫃檯付錢，他一點都不覺得尷尬。

我對我的朋友們說：「你們認識那個人嗎？」

瓦樂麗說：「認識，我看過他。他在馬勒澤布大道上的書店工作。」

我說：「這個噁心的爛人給我看他的雞雞。」

瓦樂麗、茱麗、娜塔麗和蘇菲也都跟我一樣覺得噁心，只不過我們受到驚嚇的程度不同。嗯，還是得誠實一點，我並沒有真的受到驚嚇，因為我已經看過太多雞雞的照片了，法國是世界雞雞常態博覽會，現在，我們在爸媽讀的報紙上，甚至是電視、電影裡，總是看得到，只是照片和在真實生活中親眼看見畢竟還是不一樣。在真實生活中看見的，我覺得模樣醜多了，甚至還很滑稽，不過我想說的是悲哀的那種滑稽。我們全轉過身看他在做什麼，他喝光了他的酒，同時還說了聲再見，彷彿什麼都沒發生過。我覺得憤怒多過於噁心，朋友們也一樣。

娜塔麗說：「這些男人真的讓人想吐，我在姑姑家的電梯裡也遇過同樣的事。那是一部有單面玻璃的電梯，我出地鐵站之後，有個怪人跟蹤我——這已經是很久之前的事了，應該是六個月前——我當時準備在姑姑家過夜。我開始跑，準備跑進大樓，結果他也跟著跑了起來，我剛好趕上電梯，當著他的面關上電梯門，結果他改成跑上樓梯。我聽見他的跑步聲，由於電梯很舊，所以他的速度比電梯還快。當電梯到三樓的時候，他也到了，他就往玻璃前一站，掏出他那又直又紅的大雞雞給我看，而且一臉滿足。後來他就下樓了，我也順利到九樓姑姑家。她問我怎麼了，為什麼面色發白，我在她的玄關吐了。」

瓦樂麗也說了：「去年我在維里耶地鐵站裡的公共電話亭也發生過這種事情。我們家的電話壞了，所以得下樓到咖啡廳或是廣場上的公共電話亭打電話。我因為之前請了一陣子的病假，所以要追一下上課進度，我打電話給一個女生朋友，你們不認識她，她這個學年已經轉學到住宿學校去了。她在電話裡將作業一個字一個字念給我，讓我抄寫下來，我聽見有人在我背後敲電話亭的門，咚咚咚的。我去維里耶地鐵站是因為咖啡廳和廣場上的公共電話都有人佔了。我轉身過去看，以為是後面的人急著打電話所以生氣了。結果超扯的，竟然是一個男人穿著大衣，用他的雞雞在電話亭的玻璃門上咚咚咚地敲，然後他後退一步，把那個東西對著我，將那個液體全噴在玻璃上，然後跑走了。真的很討厭！」

這種狀況還不曾發生在蘇菲身上，倒是茱麗也遇過這一類的事情。那是好久以前，是她還會和弟弟到蒙梭公園玩的時候所發生的事——意思就是當時她還很小，小到還能夠去公園玩沙。不過她仍舊清楚記得那件事，因為它在她的心裡留下了印記。那個傢伙靠近她，對她說有東西要給她看，說是一根巨大的棒棒糖，整天咬都不會融化。他把她拉進一個小樹叢的角落，給她看的同時還說，我的糖糖漂不漂亮？蘇菲跑去告訴她媽媽，不過等她們母女再回去的時候，那個人已經逃跑了。

我開始算數，因為這是我的習慣，就跟為了擬清單一樣，我想要學廣播上所說的做個案件概述。我替這類型的故事，根據每個證人的描述，做了一份嫌犯的容貌特徵拼圖：這些人都是單獨出現，沒有人再見過他們，他們的動作很快，也不堅持，讓人感覺他們的興趣是秀出雞雞然後立即離開。他們都有一副令人難以置信的嘴臉，但是沒有人會記得住，不過那很正常，畢竟當事人沒有時間看清楚他們長什麼樣。一般來說，他們要不是不說話，就是幾乎不說話。他們都很陰森，我們唯一記住的是那副不可思議的表情，而且他們的穿著就像是個一直覺得很冷的人。最後，在我認識的五個女生當中，有四個已經遇上這件事，所以這表示幾乎每個年齡介於八到十四歲的法國女生都會遇上這件事。

最後一點，那就是我們對他們無計可施。我們不能到警察局告狀，畢竟我們會羞恥到連他們的長相都說不出來，而且要是我們跟爸媽說的話，他們不是像我媽那樣歇斯底里，然後鬧到學校去，讓我們在其他女生、尤其是男生面前出糗，再不然就是一副什麼事都沒發生過的樣子，因為聽到我們講的事情，他們會覺得尷尬不舒服。

所以我們不只是覺得噁心，還覺得被羞辱了，可是我們都無能為力。我和我朋友對這種事已經受夠了，只要我們知道那些男人當中的其中一個，也知道哪裡找得到他，我們就會準備進行討伐。我們幾個女生坐在長椅上，開始擬訂復仇計畫。娜塔麗說：「我們去那家書店，把書店弄得亂七八糟，他什麼都不敢說的，因為要是他報警的話，我們就告訴警察他在廁所對你做了什麼。」

蘇菲有個更棒的主意：「我們去那家書店，然後說我們要買一把剪刀，要大的，像是可以裁剪紙箱，而且會收在收納箱裡的那一種。當我們買好了剪刀，我們就在書店裡追趕他，並且大喊：我們要剪掉你的雞雞！接著把他困在角落裡，強迫他道歉，不然就一把剪下他的雞雞！」

瓦樂麗認為我們最好在書店的出口等到打烊為止，然後跟蹤他回家，至於要做什麼，我們就想出一些可能，像是在他的信箱裡放大便，或是警告所有的鄰居，那棟大樓裡住了一個性變態，要是運氣好的話，他是已婚男子，那就更棒了！我們會把事情全告訴他的老婆，就真的可以看那個傢伙出糗了。

茱麗說：「這些都不可行，因為我們不能獨自去那裡，就算我們有五個人也一樣，因為他說不定身材又高又壯，所以會揍我們一頓，所以得和男生一起去。」

說到這，所有人齊聲大喊：「不！我們不能問男生，因為這樣子就得告訴他們理由，還有史黛花所發生的事情，他們聽了一定會笑我們的。而且要找哪些男生？我們不需要他們，他們全都是膽小鬼，不行不行！」

當然我們可以問我們唯一信任的男生：鮑布羅，可是這個可憐的傢伙長得太瘦小，不適合。

所以最後，我們什麼都沒做。拿著大剪刀在書店裡跟蹤那個傢伙的主意讓我們笑了好幾分鐘——這是最好的主意，可是我們只是坐在位置上小口喝著可樂和橘子汽水而已，什麼都沒做，因為夢想與嘴巴說出來的話，和現實生活中所真正發生的情況總是天差地別。在那當下，我們很清楚自己都還只是個孩子，沒有任何資源，根本沒辦法贏的。那些大人是巨人，而我們是侏儒，就如同我小時候所讀到的傳說故事一樣。

反正對於那個傢伙，我的心裡只有同情而沒有別的了。當我長大，成為女人之後，要是遇見他的話，我不會傷害他，也不會打他耳光，什麼都不會。我想我應該會對他更加同情。唉，我希望啦，因為同情好過於復仇，也會讓胃部的灼熱感少一點。

19

早上起床的時候，我察看了一下自己遲來的女性性徵。結果什麼都沒看到。

也許我永遠都不會成為一個女人，也許一輩子都會是個小孩子：一個雙腿間長毛，胸部長了兩團肉的小孩——雖然如此，仍然還是個小孩。

可麻煩就在於我已經不能真的算是小孩了。如果我真的是個小孩的話，就不會老是在意這些事情，也不會做那些夢，一輩子也不會與葛芬柯相遇，牠也不會以述說著「我懂你，我們在同一條船上」的表情看著我了。

其實葛芬柯也開始變老了，牠今年就滿六歲，對一隻貓來說，就相當於一個四十二歲的男人，因為貓的年齡換算成人類的要乘以七。所以牠很老了，已經四十二歲的葛芬柯什麼都懂，我可以說，牠有一套真正的生活哲學。我當然沒有牠那麼老，可是我覺得自己老了許多——尤其從我開始寫這本筆記簿，而且偶爾還會覺得恐懼的時候。不過我還沒有自己的生活哲學。

我的意思是，我的生活哲學並非時時不變。我總是不斷改變心意，葛芬柯牠就不會改變。牠前一天不喜歡的人，隔天也不會變得更喜歡一點，牠總是在同個時間睡在同一台暖氣上。牠從不出門，只有在我偶爾去檢查倉鼠屍體是不是還安好時，牠會朝敞開的窗戶往外頭瞥一眼，看看周遭的動靜，再以一副百無聊賴的厭世模樣走回屋裡。

所有牠往下看到的東西都難以忍受，我了解牠的感覺。有的時候，當牠一不開心，還會發出不尋常的呼嚕呼嚕聲——我沒有瘋，我真的覺得牠是在說：「傻瓜，傻瓜。」

等到哪天我能夠和牠真正對話，並聽懂牠說的每一句話，我的人生會有很大的進步。

到目前為止我並不喜歡自己，因為我沒辦法時時保持同一種態度。當我生悶氣並臭著一張臉時，最理想的狀況是繼續氣一整天，可是我做不到……況且我也不知道自己在生什麼悶氣。開心的時候——覺得自己沒有平時那麼遜——我的開心也不會持續。我的情緒就跟溜溜球一樣有高低起伏，讓我覺得很累，雙腿變得很沉重，整個人軟綿綿的，一點都不輕盈，腦袋也一片空白，完全精疲力盡。

到了隔天，或是五分鐘之後，我又會一下子變得很暴躁，想要給所有人找麻煩——尤其是我爸爸，要是有辦法在他忙碌的工作行程之間找到人的話，還有那些一直用蠢事惹怒我的臭男生。暴躁期間，我也沒辦法好好坐著，會很想要跳舞或做其他了不起的事情，像是每個月找一天中午，在路上停下腳步，像警報器一樣大聲吼叫，也會想要在我家樓下的小廣場跑個十圈。我會睡不著，完完全全睡不著，直到凌晨三點。我會去二十次廁所，去廚房吃十次三明治，替自己泡一杯阿華田，然後心情就會像鐘擺一樣開始擺盪，這真的很不可思議。

可是，我就是完全不懂身體究竟怎麼了。我想要跟葛芬柯一樣，因為牠的身體與心靈總是能夠一致：牠有貓的身體，也有貓的心靈。而我呢，感覺身體發生了心靈無法控制的事情。最讓我無力的是，每次生悶氣時，我並不是真的想要生悶氣……繞著廣場跑的時候也是。我並不覺得在心裡下這些決定的人是我。

唯一能夠描述自己到底怎麼了的方式，就是：我不知道自己怎麼了。

20

我不只不知道自己怎麼了，也不知道自己是誰。

在廁所的時候，我從馬桶上起來，整張臉貼著鏡子，決定在知道自己究竟是誰之前，不要看自己的樣子。

我問自己一些問題，也為自己擬了一張清單：

我是一個女人嗎？不是。

我是一個女生嗎？不是。

我是一個男生嗎？不是。

我是一個小孩嗎？不是。

我用雙眼仔細看著自己的雙眼。意思是，一開始，我只看見在眼白中央的栗色眼珠裡的那顆黑色小小瞳孔，接下來，我嘗試進入黑色瞳孔裡。藉由非常非常專注，我們可以進入某些體積極小的物體，就像我能夠進入某種極大的物體

（也就是天空）一樣，不過得比平常更專注就是了。當我順利讓自己的雙眼處於黑色瞳孔裡的一片漆黑之時，頭開始暈眩，整個身子往後倒在廁所地毯上，想必發出「砰」的一聲，因為我聽見葛芬柯在外面貼著廁所門板亂走，想要確認我是否安好。我於是對牠說：「葛芬柯別擔心，沒什麼，我只是摔倒了而已。」

牠對我說：「嗯，別做傻事。」

我當時沒有注意到一件超級重大的事件，那就是貓回答我了——一定是因為我摔倒才發神經。我的腦袋裡匡啷匡啷地響，整個人直挺挺地往後倒，樓下的鄰居一定以為世界熱核戰爆發了，而熱核彈將摧毀一切。

我站起來，還是不知道自己是誰，於是想要再看清楚一點，不過這次換了一個方式：我決定讓自己整個貼著鏡子。不過我發現，這一次反而得要後退才能看見我這個國家級災難的全貌。

我先從那兩隻長得像大叉子的腳開始，接著往上到長得像法國麵包棍的雙腿，我再認真看著自己長毛的「妹妹」，然後自問，除了尿尿之外，那裡到底有什麼用。我看著肚子（雖然平坦，但是我知道裡頭有橡膠），還有胸部（長得像兩顆軟綿綿、蒂頭突起的無花果）。得老實承認，我一點都不喜歡自己的胸部，也永遠不會知道該穿哪一種胸罩，我覺得以後會找不到自己的尺寸，得量身訂做才行。但是就目前來說，我知道唯一適合這兩顆像無花果的胸部穿的東西，就是襪子，只不過是給小寶寶、沒有分腳趾的短襪。再來，我看著自己同樣過於細長，就像鸛一樣的脖子，再來就是臉了。我對自己做了一個很醜的鬼臉；一個把人剝光、使人心碎、讓人排斥的鬼臉，這樣一來，我們不做鬼臉時就會覺得自己很好看。這是一個很棒的策略：越是做鬼臉，之後就會越覺得平常的自己好看。

我看起來像誰？

我很想看起來像黑白電影裡的英格麗．褒曼，電影裡的她一頭短鬈髮，像隻山羊。洛琳．白考兒也不錯，電影裡她在面對男人時，總會搔抓著長筒襪下的膝蓋，想必是因為她想要令對方吃驚。不過，我不會說自己執著於想要看起來像古早黑白電影裡的女演員，我更寧願像慕提在指揮田園交響曲時的頭髮，或是像鷗鳥飛得比速限還快的翅膀，或是我的倉鼠在臨死前的最後一個念頭，因為這些，都代表著美，而我想要與美相像。

在那當下，我問自己：要是我有這種美，會有人愛我嗎？我是說以「愛情」來愛我，而不是以「大家彼此相愛」來愛我——不是基於習慣、禮貌、欺騙或因為家人關係而愛我。再強調一次，是以我未曾理解過的方式愛我，只是適合這麼做的對象又會是誰？當然這人要是個男生，不然我不知道還有什麼可能，不過由於男生對我完全沒興趣，真不知道有誰會以愛情來愛我……所以呢，就算了。

這個早上在廁所的鏡子前，我發現了好多東西。首先，就是別往眼睛深處看太久，不然會立刻昏倒。第二，別問自己太多會衍生其他問題的問題，因為結果是「不會有答案」。我認為照太久的鏡子非常、非常不好，現在我只會遠遠地照鏡子，而且也只會基於一些理由才照，比如看看鼻子上有沒有太多黑頭粉刺，或是需不需要洗頭髮之類的……就是關心這些愚蠢的事，只要我們的心思停留在愚蠢的東西裡，就永遠不會焦慮，就像多維爾海灘那些只會談自己的頭髮、橘皮組織、錢與性事的老太太。我在廁所鏡子前理解到這個道理：那就是當我們說某個人是個幸福的傻瓜，其實是對的！我現在要很努力成為傻瓜，但是就我對自己的了解，從現在起到我寫下另一個段落為止，這樣的努力並不會維持得太久。

21

成年人只要不是騙子、爛人就會是懦夫，和他們在一起，我們永遠不會真正知道到底發生什麼事。今天在農場裡，發生了一件很複雜的事情，而且也證明了我說的這句話：這個世界並不公平，所有人都很討厭。

我們班上有一個男生老是吵吵鬧鬧，我覺得他腦袋不清楚，因為這麼常吵鬧就是有事想要引人注意，我不知道是什麼，反正有事就對了。這我很了解，因為在家裡我也常做蠢事想吸引爸媽的注意，不過我不會像那男生這麼吵，我甚至也知道在上課時要保持沉默。但是，這個叫薩維耶的男生是一個舉止與眾不同的人。

而且到現在這已經成為他的招牌了——很簡單，只要有人做了蠢事，大家就會轉頭以一副「又是他」的表情看著薩維耶。

他的鼻子上長著雀斑。要是他的臉頰、額頭和下巴沒有那麼多的痘痘（我們搞不清楚哪些是雀斑，哪些是痘痘），他算是個挺可愛的人，再加上他嘴裡常發出噓噓的奇怪聲音，也總是在笑，會顯得很與眾不同。

這天早上在數學課開始之前，我們在二樓走廊看到一個不屬於我們這一群的女生（雖然名字和我們幾個一樣，有個「菲」或「麗」結尾），叫做希勒菲・拉凱亞。她是班上成績排名前面的學生，還是個虛偽、做作的人，我沒辦法喜歡她，可是我必須承認，她真的超強的，表面看起來一副聖人模樣，但是她有仇必報，還會做出一些不可思議的事情。

希勒菲給我們看一只小小的瓶子——有點類似香水瓶——裡頭有不知名的液體，接著她手指著數學老師的椅子。她沒跟我們說要做什麼，只是晃著那只瓶子，朝那張椅子撇了撇頭，所以坦白說，我們無法確切知道是不是她把液體倒在椅子上的，不過她的嫌疑非常大就是了。而且她倒液體的時候，我們也真的不在場，可是很奇怪，她好像故意要讓我們知道。

我講這一些，是因為數學老師一發現有人在她的椅子上倒液體，便立刻尖叫著站起來，彷彿內褲裡有一隻老鼠，她指著薩維耶大喊：

「薩維耶．杜卡斯，出去。」

她把那張椅子撇在一邊，帶薩維耶直接往訓導處去。我們大家看向希勒菲，她則裝出一副不知情的樣子。由於老師一直都沒有回來，於是我們跑到走廊上看，等她終於回來時，薩維耶並沒有跟著回來。一個小時過後，在下一堂課的教室裡，有著滿頭鬈髮的訓導主任進來告訴大家，薩維耶已經被退學了，大家聽了什麼都沒有說。

下課後我們去找希勒菲，告訴她這個行為真的很下流，雖然薩維耶總是吵吵鬧鬧，可是我們都確定這次是她做的，所以她得自首。她給我們的回應是她什麼都沒做，而且知道我們當中沒有人奸詐到去舉發她。

這個希勒菲．拉凱亞狡猾透了。因為我們通常會在心裡告訴自己，大家在學校的共同敵人是那些大人，所以永遠別去向他們告密是我們的法則。希勒菲現在講的就是這個，甚至可以說，她根本是在玩弄這條法則。再加上我們除了彼此討論之外，還跟她對質過，所以沒有人敢冒險去講實話，因為很快就會被發現。

校門口那條路的另一邊有張長椅，許多學生會在那裡等公車。我們看見薩維耶在那裡哭的時候，受到很大的衝擊，因為他總是吵吵鬧鬧，而且據說已經被十七萬兩千個場所、家教中心、國中等等給列入黑名單，所以沒辦法相信他的心裡會真正覺得難過。會這樣想不是因為我們很壞心，我解釋過了，薩維耶過分吵鬧才是正常的——不過我還是將他定位成一個舉止與眾不同的人。

看見他這麼難過，讓我們很訝異。

蘇菲對他說：

「那個惡作劇是你做的嗎？」

薩維耶說：

「不是，不是只有我而已。那個是我倒的，可是把那瓶東西帶來的人不是我。有人幫我。」

我對他說：

「是希勒菲．拉凱亞嗎？」

他說：

「我不是一個會告密的人。」

我對他說：

「你跟訓導主任說了嗎？」

他回答：

「反正主任就說我總是愛吵鬧，她早就該趕我走了。」

蘇菲和茱麗說：

「或許吧，可是用這個方式並不公平。」

薩維耶說：

「對，不公平。」

我確定自己看見他的雀斑上有幾滴小小的眼淚。

我對他說：

「你會跟你爸媽說嗎，而且你要怎麼說呢？」

他回答：

「反正他們也不會在乎。他們從很久以前就想把我送到寄宿學校，所以每一次有這種事情發生，他們就很開心。」

公車到站，薩維耶上了車。車子發動的同時，他朝我們比了個V的勝利手勢，可是他臉上的表情卻充滿不安。我、蘇菲、娜塔麗、茱麗與瓦樂麗準備陪送彼此回家，鮑布羅這時出現與我們會合。這趟路，我們談的都是這件事情，在陪送即將結束之際，我們大家擬了一份因應計畫，想要在隔天拯救薩維耶。

隔天，我們去找音樂老師妮可，因為她是我們唯一信任，而且也一定不會背叛我們的人。我們要她發誓不會出賣我們，她發了誓。蘇菲把事情告訴她，因為蘇菲的表達能力最好。我在寫筆記簿還有單獨一個人的時候，表達能力不錯，然而在別人面前說話或是演講，就是另外一回事了。

蘇菲說：

「我們知道薩維耶．杜卡斯是罪魁禍首，可是希勒菲．拉凱亞是共犯，所以沒有道理要他一個人承擔兩個人的錯。學校只能照慣例讓他停學四十八小時。薩維耶不應收到退學的處分，這不公平。」

妮可說：

「你們也許是對的。在這種情況之下，希勒菲也該停學兩天來分擔處罰。

不過你們准許我把希勒菲的事情告訴訓導主任嗎？」

我們說：

「千萬不要！我們不是告密者。」

妮可說：

「那你們要我怎麼做呢？」

蘇菲說：

「不知道耶。」

妮可看起來相當困擾。她似乎在思考事情，一會兒之後對我們說：

「總之，你們要我做的，是告訴主任我知道誰是那件事的罪魁禍首，可是我不能說出那個人的名字，還得讓她相信我，不應該給薩維耶．杜卡斯這麼重的處罰。我也不准說出那個該真正受罰，或者平均分擔懲罰的學生是誰。你們要求的這件事真的很不容易！」

蘇菲說：

「是啊，可是那就是該做的事情，而且那樣做才公平。」

妮可說：

「我可以試試看。」

可是她看起來很困擾，我想那是因為她比我們都還了解主任這個人，預測到主任可能會趕她出去。事實上，她並不想見到主任，妮可畢竟是老師，為了升遷，需要與主任維持良好關係以防萬一。大人的問題就是這樣，他們做什麼都要經過算計。

這件事我們等了兩天，因為不會每天都見到妮可，她也不會每天到學校來。這段期間，我們也沒再見到薩維耶與希勒菲——她生病了，這個狡猾的假仙女，一定是盤算著利用這段期間讓大家都忘了她。

再次見到妮可的時候，她的表情看起來比上次更困擾了，整堂課中她裝作沒看見我們，甚至沒有點我們這群人當中的任何一個回答問題，但是平常她總是要我們吹笛子，或是把上次教的唱給她聽。現在，她裝作我們這幾個人不存在，而且一臉尷尬。音樂課差不多結束時，她很快地收拾東西，鐘都還沒響，就已經穿上了外套，等鐘聲一響，同學都還沒站起來，她就已經走了。我們幾個人互相對看，心裡非常訝異，明白她是為了不把事情進展跟我們說所以逃走了。我們也明白她原來也跟其他人一樣懦弱。好像是蘇菲說：

「要是這樣的話就沒有希望了，我們還是算了吧。」

我並不滿意這個結論，因為我非常信任妮可，畢竟之前告訴我：「別讓我失望」的人是她，而當她對我說必須「沉浸在音樂裡」，也等於給了我會遵循一輩子的建議。於是我拋下走廊上的其他朋友，反正她們也不大積極，加上這件事已經拖了兩天，她們開始煩惱起其他覺得最重要的東西，像是男生、舞會、所有女生為了讓自己假裝成女人的手法、化妝、小團體……

我從走廊一路跑出學校。當我真正想跑的時候，我覺得自己是十七區之北跑得最快的女生。我知道妮可都是在維里耶站搭地鐵，於是抄了捷徑，這條路我很熟，所以比她還早到了地鐵站。當她看見我的時候，看起來並不怎麼訝異，反而對我微笑。

她對我說：「我的史黛芬麗，我已經盡力了，可是我無能為力。」

「妮可，為什麼呢？」

「史黛花，因為你很特別，所以我還是跟你說，不過你可別說給你的死黨聽。我向訓導主任以名譽保證我知道真相，希望她別將薩維耶退學，可是那還不夠。」

我說：「為什麼呢？」

「主任要我說出另一個學生的名字。她說我以名譽保證對她來說並不夠，我說我已經答應過你們，而她對我說，我不該堅持這一點。我的史黛花，就是這樣，很不公平，但就是這樣。要是你想知道所有細節的話，她還對我說，就算我告訴她另一個學生是誰，她也不會收回這個決定，因為她不想改變主意。」

「那是什麼意思？」

她嘆了口氣，說：「意思就是大人把虛榮看得比事實重要。」

「我懂。」

「有一天你會明白的。我不能再為你們做什麼了。」

她表情顯得悲傷，甚至還有點羞恥與惱火，因為這件事一定對她造成了傷害。她抱了我一下，然後我就回家了。

回到家的時候，發生一件比聖母顯靈還威的奇蹟，那就是我爸在家！這個時間他怎麼在家裡，我沒有馬上想通，總之，他在客廳裡喝著我不大知道是什麼的東西——應該又是某種可以讓他暖和身子的奇怪甜燒酒——並且一如往常地吃著鹹味垃圾食物，像是開心果、堅果之類的。

我說：「爸爸，你得幫我彌補一件不公不義的事情。」

他表情古怪地看著我。大人都這樣，只要我們針對正義之事請求幫忙，他們就會逃避。不過我還是把整件事，包括當事人姓名，以及前情提要——就跟報紙連載小說的說法一樣——一五一十告訴了他。這些事說來話長，真的很長，我甚至確定自己有好幾次沒把這整件事說得很清楚，總之我要他去見訓導主任，並且把希勒菲的事情告訴她。要是大家說我是告密者就算了，我就是沒辦法再忍受不公不義，我不停地想著薩維耶在公車上，帶著淚水比出了V字勝利手勢。

爸爸對我說：「這就是你要我做的事情嗎？不會改變什麼的。要是你的老師跟你說主任不想改變心意的話，這件事就失敗了。」

「為什麼？」

「因為就是這樣。」

「爸爸，求求你，還是去找主任吧。」

「小史黛菲，我沒有時間，等一會兒我就要搭飛機去紐約了，十分鐘後，我的合夥人就會開車到樓下接我了。」

這就是為什麼這個時候他會在家裡。當爸爸準備搭飛機的時候，通常會在辦公室打包行李。他好像在那裡也放了換洗衣物，我甚至相信他的辦公室裡還有床、浴室等等所有的東西，應該就是這樣，所以他才不回家裡。如此一來，他就不用遇到他的妻子，也就是我媽媽。我從來沒看過他的辦公室，總有一天我會在無預警的情況下，到他的辦公室一趟，也許我會在那裡發現一個女人，而且那是他的另一個家，我覺得或許這就解釋了一切。我還是拚命說服他得做點什麼。他說：「好吧，我們打電話給主任。」

這令我非常開心。他打電話找主任，而且順利通到話，真是太棒了，因為要是我打的話，主任永遠不可能接的，可是大人就是有辦法跟不接我們電話的人通電話。他才剛說了這件事，她就立刻打斷，換他聽她說話，他不時點頭：「主任，當然，對，我知道了，是的，我明白，對，好的，是的，主任……」

事實上，他只有同意主任的份，她應該也對他說了不少花言巧語，因為他不斷聽她講話，沒辦法插嘴。我覺得自己必須出聲，所以想要拿走話筒，但他動作激烈地阻止我。我覺得他的反應很奇怪，因為通常我是可以那麼做的，但這次他不願意讓我聽。後來他紅著臉，說：「主任，要是您以為我最近時間很多……您知道，我經常外出旅行。」

他一臉愧疚，我已經完全搞不懂現在發生什麼事。主任突然掛了他電話，他連再見都來不及說，對話就這樣結束了，有夠奇怪的。他憤怒地看著我，對我說：「你們主任對整件事都很清楚，就算那不是你們那個男同學的錯，她還是得殺雞儆猴，因此她的決定不會改變。」

「就這樣？」

「當然還有。我因為從來沒參加過班親會，就被她當成不盡責的爸爸，還問我憑什麼插手，還說我最好關心你那悽慘的成績。好啊，史黛花，幹得好，你真是得到報應，你要我幫你，結果現在讓我挨罵，你不可以再這樣對我。」

訓導主任批評我爸沒有好好盡到父母的責任，一定讓他覺得受到嚴重污辱，可是主任雖然是個爛人，我也不能因為她批評我爸爸而怪她。我明白自己插手了無關的事，很想跟爸爸道歉，但是我說不出口，只好跟他說：「可是爸爸，你還是得承認那並不公平。」

他對我說：「我要下樓了，合夥人應該已經在樓下等了，我們要趕不上飛機了。再見，我的史黛芙。跟你媽媽說要多關心一下你的成績。」

他站起來，抱了我一下就走了。他走到門口時，轉身對我說：「史黛菲你不用操心，公平正義並不存在，你的故事就是一則典型的故事，人生中總是會像這樣，這只不過是一小段插曲而已。至於你的那個男同學，看著吧，他會重新找到學校的。」

我才來得及對他說：「就這樣，好吧。」他就已經走到門外了。

後來，再見到希勒菲．拉凱亞時，她裝出什麼事都沒有的樣子，甚至還有女生比以前更親近她，很像是崇拜她如此輕易地全身而退、如此地狡猾。沒有人再見到薩維耶，而我覺得這個世界上沒有比不公不義更糟的事情了，這個事件讓我大受折磨。

我擬了一份薩維耶．杜卡斯事件結果清單。在這個事件當中，沒有人是贏家：我們這幾個女生沒能獲得任何的結果；妮可呢，因為她試著展現誠信，並且保護我們，但是她想必是不得不謹守自己的分際；而我爸爸，因為這事受到了主任的羞辱。薩維耶，則是不公不義的受害者。事實上，在這個事件當中唯一的兩個贏家是訓導主任——她知道真相卻仍然不願意伸張正義，以及希勒菲．拉凱亞，她至少得負一半的責任，可是我們卻找不到任何證據，而她也因為在課堂上總是表現良好，所以沒受到任何的處罰，而且人緣還更好了。

那些支持公平正義的，零分；那些偽君子呢，一百分。擬了這份清單之後，我更痛苦了。

或許就是因為這樣，讓我又故技重施，我的意思是，我逃了第二次家。

22

我打電話給那個人。

自從遇見那個人之後，好處是知道自己的生命出現了一個認識的人，每當我想要找他說話，他永遠都會在電話旁。因為他坐輪椅，所以永遠都不會離開家裡，而且他很愛講電話，而我最近也愛上了講電話，正在創造講電話時間最久的全新紀錄，幸好我家有好幾條電話線。

一條專屬於我爸談生意用的，一條專屬於我媽的朋友，讓她可以聊她的約克夏和頭髮的捲度，第三條是大家都可以用的，意思就是專屬於我的。我要求爸媽在我的房間裡裝一支電話，意外的是，他們竟然說好，這也表示他們完全不在乎我有沒有在房間裡認真讀書，因為他們應該猜想得到，有了電話之後，我就什麼都不做了——總之，我常常打電話，尤其是打給那個人。我注意到我們倆在電話裡聊得比見面時還熱絡，或許是因為在講電話的時候，看不到對方的雙眼，所以比較不害怕，因而更會說實話或比較正經的事。

我講電話的時候，葛芬柯就會立刻爬到膝蓋上呼嚕呼嚕，牠不喜歡我打電話給別人，因為牠是世界吃醋冠軍，不過也知道在這段時間當中，我不會走動，因此牠可以在我膝蓋上呼嚕呼嚕的。而且我也覺得牠堅持想知道我和別人說了什麼。

我向那個人說明薩維耶．杜卡斯事件。我說，我覺得這整件事很噁心，整個人也因此被摧毀了，然而他說了某個我當下並不明白的東西。他說：「雖然如此，最重要的是你試圖幫助薩維耶，這會讓他好過一些。」

「喔，不會喔，因為他並不知道我試過幫他。」

他說：「他可能還是知道，因為你試著幫他的時候，他會感覺得到。不過還有一件事也很重要，那就是你的行為是一件善舉，讓你因而自我提升，所以別擔心。」

「你說這些話是為了要讓我開心。」

「不是，我說這些話是因為那全都是真的，而且史黛花，你是一個很棒的女生！」

我沒說話，是因為什麼都說不出口。沒辦法，我就是不好意思！他在電話中也沒說什麼。有的時候，大家會像這樣在電話裡沉默，可是光是將話筒貼著耳朵，聆聽對方的沉默，仍然是一件令人相當愉悅的事情。我就是對他說了這些，而他說：「還有比這還棒的東西。你有沒有試過不用電話打電話？」

我聽了很吃驚：「我不懂。」

他對我說：「這並不難。我們可以決定繼續聊天，不過要掛斷電話，然後各自待在電話旁，只要夠專注，就可以聽見對方說的話。」

「這真的棒呆了，不過你認為我們做得到嗎？這不會太難嗎？」

「不會，要是你想立刻就試試的話，就掛斷電話，我也掛斷電話，然後我們就繼續聊天，好嗎？數到三，就掛電話，在同一時間一起掛電話可是非常重要的。」

我覺得這是一個很棒的體驗。要是我們成功的話，就真的超級超級厲害。我們一起數一、二、三，接著掛斷電話，我非常認真看著電話，嘗試聽見那個人對我所說的話，可是卻什麼都聽不見。於是我告訴自己，或許他聽得見我，於是我開始說話。說我真的很為他難過，因為鮑布羅昨天對我說，那個人並不是暫時性的半身不遂而已，似乎一輩子都會這樣了。他的爸媽決定每天都給他請個家教，或許過一陣子之後，等他們不會覺得丟臉，他就會回學校上課了。我還對他說，會常常去看他，甚至他想要的話，我可以坐在他床邊，念完《天地一沙鷗》，而且一輩子都會是他的朋友。

我覺得這些話非常非常重要，於是等著他聽見我所說的話，但這讓人感到十分焦慮，因為好像什麼都沒發生。於是我拿起話筒撥他的電話，他立刻接起：

「史黛芬麗，你為什麼一臉悲傷？你放棄了嗎？」

「我什麼都沒聽見。我聽不見你說話，好恐怖，我什麼都聽不見！我跟你說話，可是你……你沒有回答！」

突然間，不知道為什麼，或者該說我知道為什麼，我知道自己又再一次受夠了一切。我開始嚎啕大哭，哭得像失去親人一樣，我不知道自己怎麼了，整個人完全崩潰。

那個人想安慰我，他說：「史黛芬麗，別哭，別哭，你太煩惱了，不用因為沒辦法做到而哭，你知道的，不用那麼認真的，那並不代表什麼。」

我問他：「可是你聽得見我嗎？你聽得見我對你說的話嗎？」

「史黛芬麗，跟你說實話，不算真的聽得見。這次進行得並不順利，不過下一次會有進步的，可能是我們都沒有針對這件事情努力做功課。想達到這個目標，我們應該更認真練習才是。」

我說：「可是你跟別人試過了嗎？不然你就不會像是已經懂得怎麼做一樣，主動跟我提議了。」

「我是唬爛的，從來沒有試過，那是為了要讓你感動才發明出來的。有時候我這個人就是會胡說八道，可別以為我真的像嘴巴講得那樣了不起。」

聽他這麼說，讓我很不好受。我不哭了。

他等了很長的一段時間，而我，我不敢再說什麼。我不知道當某個人為了唬爛而道歉，並且說自己並不如別人所以為的那麼好時，該怎麼辦。

這個狀況對我來說實在太複雜了，在這樣的情況之下，該怎麼辦呢？我等著他開口。

他說：「我一直都在演戲，我跟你說的每一字每一句，你可不要相信。」

「喬爾，你別胡說八道。」

他真正的名字是喬爾——不過我在寫東西還有提起他的時候，還是習慣叫他「那個人」。

他對我說：「你生我的氣嗎？」

「生什麼氣？」

「嗯，生我跟你唬爛的氣。」

「當然沒有，我沒有生你的氣。」（不過我應該稍微騙騙他才是。）

「那麼，我現在跟你說話，你為什麼心不在焉？」

我又哭了起來，說：「對我來說，這一切太過複雜了——我得掛了。」

「隨你了。求求你別不理我，要是你想的話，來找我吧。」

我們掛了電話。

我現在的狀況不大好。在經歷過不公不義的打擊後，我發現自己又處於另一個計畫當中：一個失望的計畫……一個我再也不懂的計畫；一個所有人並不是我所以為的那樣的計畫。我是那麼相信靠無聲的電話傳送思想這件事，所以有點氣那個人唬爛、欺騙我。

我心裡有種像是失望的感覺，可是又不會生他的氣生得太久，因為我很清楚，要是一個人整天得坐著椅子待在房間裡，就會開始虛構出莫名其妙的東西，也會變得有些瘋瘋癲癲。我沒有半身不遂，但我總是處在瘋癲與亂七八糟的臨界點，所以……

我擦掉了眼淚，發現竟然已經過了兩個小時，下午的課已經開始了。就算我不是故意蹺課，但是從行為上來說，我「正在」蹺課。當我跑出校門去追妮可，時間應該是中午十二點半或是一點，我不記得了，總之是午休的時候。接著，我和爸爸在一起，再來是和那個人講電話，中間完全沒有注意到時間，我甚至連午餐都沒吃。通常我會回家吃午餐，一般是吃優格、火腿，偶爾會吃噁心的義大利餃子，然後回學校上下午的課。可是今天我還沒吃午餐，現在時間已經過了兩點，除了沒吃飯，我也錯過了下午的第一堂課。我不想要再出門了，我的情緒非常差，精神和體力完全是零。葛芬柯望著我，同時猜想我情緒怎麼會如此低落。

我待在房間裡，待了很久很久，什麼都不做。我感覺非常空虛。

後來，我聽見鑰匙插進大門鑰匙孔轉動的喀喀聲，接著我認出了媽媽的腳步聲。有人和她在一起。

23

我在房間裡一動也不動，等著她一如往常無預警打開我的房門，或是叫我，可是並沒有。我很快就知道原因，因為媽媽認為這個時間點，我應該人在學校。

於是我和葛芬柯待在床上。牠豎起了耳朵，和我一樣注意著外頭動靜。

媽媽難得讓人感覺如此開心，我很久沒遇到她這個樣子了。她笑著，哼著歌，我甚至立刻發現她那總讓人感覺沉重與拖拉的步伐，變得不像是一個厭世的女人的步伐：不但音調不同，還很輕盈，而且速度快得就像在大太陽底下光腳走沙灘。她和某個人說話，可是我聽不清說了什麼，因為我們兩個人的房間隔了條走道，還有飯廳啦，和那些愚蠢的白色現代家具，而且她將音樂開得很大聲，真的超級大聲，好像完全不在乎鄰居的反應。

我聽見她好幾次經過我的房門到廚房去。我聽見她打開冰箱，聽見玻璃杯、冰塊與酒瓶的聲音，接著，她又回去了；然後她笑了，而且似乎有些激動，不過不是因為生氣而激動。再來音樂聲變小了，我以為聽見關門的聲音，然後就什麼都聽不到了——或是幾乎聽不到。

我等待著，不知道該做什麼。要是我過去找她，無論怎樣都會因為沒去上課而挨罵。可要是一直待在房間裡的話，結果也是一樣的，她最後都會發現我，而且我實在很餓。

我想去廚房做個三明治來吃。我對自己說，吃完後就會出門去某個我沒想好的地方耗時間，然後在平常的放學時間回家，假裝沒有蹺課這回事。我感覺媽媽不會再出門了，她等著在放學的時候見到我。

我打開房門，看到飯廳的白色沙發上，她的毛皮外套亂丟一通，還有那雙超高高跟鞋（我媽是個矮小的哈比人，老是穿鞋跟超高、超細的高跟鞋，大概有二十五公分那麼高吧），也一樣隨便丟在絨毛地毯上。但是旁邊有一雙男人的鞋子，扶手椅上也有一件男人的大衣——看起來是焦糖色或奶油色。有人說這種大衣叫駝絨大衣，我爸某些開賓士車的朋友也會穿這種大衣，他們總是會去多維爾賭牌或是賽馬，或是無視海洋美景大談下流的情事與金錢。音樂聲沒有了，突然之間屋內陷入一片詭異的靜默，讓我莫名有點害怕。

當然，我此刻所做的事情是不應該，因為做了之後，我就沒有權利再說大人都是偽君子，我們不像他們一樣作假和噁心……可我還是想知道發生了什麼事。我將耳朵貼在爸媽的房門上，聽說不應該這麼做，我也很難得這樣，大概這輩子只做過三次而已。前兩次是因為想要知道我爸媽在說我什麼，因為那次考得很爛，他們又談起要送我去寄宿學校這回事。結果我什麼都沒聽見，因為他們的房間是雙層門，再加上到處都有毛絨窗簾、地毯還有這個那個的，所以聲音無法傳遞。總之，他們沒送我去寄宿學校。

而這一次也一樣，我貼著門聽。我覺得媽媽在爸爸和合夥人出發去美國的幾個小時之後，巧合地帶某個人回家，怎麼說都很奇怪，所以我還是聽了，但也是什麼都聽不到，完完全全聽不到，這讓我覺得事情更詭異了。她在門後能做出什麼事呢？

我放棄了，與葛芬柯走進廚房。我給牠三湯匙的偉嘉貓罐頭（雞心口味），也做了一份超級三明治：三層厚，加上酸黃瓜與巧克力，其中一面塗一點黃芥末、將一顆番茄切半鋪在餡料底下，然後用力擠壓，讓番茄汁滲入麵包裡，這樣三明治就會變得好吃得不得了！我還喝了一大杯阿華田，可是肚子還是餓，於是又做了第二個超厚的三明治。不過因為櫃子裡已經沒有酸黃瓜和巧克力了，所以我只在麵包裡夾入塗上一點黃芥末的番茄。我不知道自己為什麼這麼餓，而我總是想要知道自己為什麼餓、為什麼渴、為什麼不想睡、為什麼心情不好就想哭，可是此刻的我相信已經找到原因了。我餓了是因為我害怕。

我怕知道屋子裡另一邊所發生的事，我希望不但什麼事都沒有，甚至我媽媽等一下還會進來廚房，罵我為什麼沒在學校上課。可是她一直沒過來，我一直在心裡說，神啊神啊，求您不要讓悲慘和不正常的事情發生，讓整個狀況令人恐懼，也求您讓我像平常一樣被罵，這樣就好。我禱告的時候仍然繼續吃著三明治和喝牛奶，但我不可能整個下午一直都在吃東西，而且也開始想吐了。

（事實上呢，我這個人從來不禱告的，應該一年只會禱告一次吧，但是我只要禱告就是為了要求某項不可能的事情發生。不過禱告其實沒有什麼用，神並不是為了聆聽像我這樣要求不可能的事情發生的女孩而存在，否則的話，所有事情都會變得很簡單。「每當我們有煩惱的時候就小小禱告一下，神便會消除我們的煩惱」，實在要很低能、很瘋狂才會相信這樣的事情會發生，當我很理智、很平靜，而且想著這些的時候，就會清楚禱告根本沒有用！但我還是忍不住禱告，因為實在太焦慮了。）

我焦慮的是屋子突然就像鬼屋一樣，在大白天的時候安靜無聲，可是我知道另一頭有事情發生，但是又不敢離開廚房，葛芬柯明白我腦裡的想法，所以採取了和我一樣的行動，把自己蜷縮在角落裡，牠趴著，但豎直了耳朵。我們都不勇敢，我不知道像這樣過了多久，也不知道是葛芬柯還是我說話了，反正我們其中一個說了：

「真是夠了。」

我的心臟比較不痛了，但是突然一下子覺得渾身赤裸、僵硬，不像平常那樣感覺被剝光、被撕開，或者被扯碎，反而比較像是冰冷。我看著自己，在心裡對自己說：「她」得去看一看。

我於是站起來，與葛芬柯離開廚房。我們穿越客廳，以及鞋子和大衣隨便亂丟的飯廳，站在爸媽臥室的門前等待。遲疑了許久之後，我緩緩轉動門把，輕輕打開房門，就像我在深夜睡不著，起來去廁所時那樣。我爸媽房間的門把在轉動時總是會發出小小的聲音。房裡除了凌亂的床鋪，與四散在地毯上的衣服之外，沒有半個人影。在房間的最裡頭，只見浴室的門微開，我聽見水流的聲音，還有我媽像一開始進門那樣在哼歌。我不敢繼續往房間裡頭走，但是看得比較清楚一點了，越是仔細看就越是因為所看到的東西而感到噁心：我看見地上有她的浴袍、長筒襪、一件我從沒看過的長褲、一件黃色襯衫、一條棕色領帶。我覺得這很恐怖、很下流。整個房間瀰漫著一股有點噁心，像是花朵枯萎的氣味，可是我沒看見哪裡有花，只有像衣服一樣擺在地毯上的玻璃杯和一瓶酒。在某個時刻，我聽見媽媽開口：

「停，停，拜託你，你要累死我嗎！」

她大笑，就像操場上那些女生在耳邊講悄悄話時那樣，明明在笑卻要假裝不笑。我渾身起雞皮疙瘩。

我於是踮著腳尖走出房間，由於非常不想讓她聽見我的聲響，所以關上門的時候並沒有完全壓下門把，以免發出任何聲音，可是我忘了葛芬柯——牠平常總是在我的雙腳間打轉——牠突然以火箭般的速度，飛快往我媽的浴室衝，我於是往反方向朝著廚房逃跑，我聽見媽媽大叫，那尖銳的聲音跟她從一進門所用的聲音完全不同。

她厲聲說：「這傢伙在這裡做什麼？牠是從哪裡來的？」

我坐在廚房的桌前，面對空牛奶杯不動。我聽見摔門聲，我媽小跑步過來，砰砰砰地在地板上發出聲音。她頭髮凌亂、眼神暗黑——儘管眼珠子還是藍色的——她進了廚房看見我，便說：「史黛芬麗，你在這裡幹什麼？」

她快步衝過來，以雙手抓住我，將我拖下椅子，就像個瘋子一樣，我以為她想打我。由於我完全沒答話，她瞬間停下動作，並放開我。她壓低聲音，冰冷且十分冷靜地重新問了一個幾乎相同的問題：「這個時候，你怎麼會在這裡？」

她雙手扠腰，緊握拳頭，雙腿打開地站著。她披著爸爸的浴袍，我猜葛芬柯跑進浴室時，她應該沒穿衣服，為了衝到廚房來，於是隨手抓了一件衣服披上。她盯著我，還翻了白眼，突然間我不再害怕了，什麼都不再害怕。現在，我已經不一樣了，要是她靠近我的話，我猜我應該會揍她肚子一拳。不過我不認為她會從我的眼神看出來，她八成正忙著問自己，我是不是在她房裡看到什麼；這個時候，那個男人在房間裡做什麼；這場戰爭，誰會贏。

她太過在意自己的想法，對於我的想法卻不夠在意。至於那個男人怎麼了？我們心裡都有數，我們都聽見大門喀地關上，但誰也沒動。她還是咬著牙，因為那個男人走了，這不會讓她太高興——不過她依然死盯著我的眼睛，對我說：「你可不可以跟我解釋一下，為什麼你不像同年齡的女生一樣，這個時候待在學校呢？」

我回答：「也許我們要打電話到紐約找爸爸談一談？」

這句話讓她大感錯愕。她沒說話，而我很想要打她。

我非常非常地氣她，可是她本人一點都沒感覺到，而我也沒有馬上明白自己到底怎麼了。

24

我比朋友們所想的還要強壯多了。

但我外表看起來身材瘦長，有一頭亞麻色頭髮、胸部像乾掉的香蕉一樣下垂，再加上我免上體育課，很可能會讓人以為我身體虛弱。其實沒有人會相信，我根本一點也不瘦弱。事實上，我反而非常強壯結實，有次某個男生讓我火大到不行，他故意鬧我，叫我「史黛芬梨子」，還梨子、梨子、梨子地不停叫來叫去。上完英文課，他在走廊上還故意跑到我身邊打轉，然後我不知道自己怎麼了，竟然走上前，用盡全力往他肚子揍了一拳，那男生痛到直不起腰。

他的名字叫希勒凡．梅西葉，我覺得他花了好幾天才康復，甚至從那一天起開始都是彎著腰走路，沒再挺直身體過，而他會不會有挺直身體的一天也還很難說，搞不好二十歲開始就得拄著柺杖走路。我當時沒往他臉上揮拳，可以說他運氣好，不然的話，他可以立刻報名「世界上最醜的男人」比賽，一定也會輕鬆奪冠，因為我會把他的臉打成兩半。

我從來就沒有這麼激動過。我不知道怎麼會這樣，可是就是忍不住，幸好後來幾乎沒再發生。

但這次因為我媽的緣故，差點又要發生了，這應該就是憤怒。我對她憤怒到不行，很想跟她打一架讓她痛苦，因為她所做的一切讓我痛苦，我相當火大。現在的問題不在於她讓我害怕或是想要賞我耳光，而是在我打電話給我爸爸時，她便一副做賊心虛，我也看得出來，她心裡開始有一堆疑惑。

她說：「首先，你怎麼知道你爸爸出去了？你有跟他說過話嗎？」

「你搞清楚！我是回來吃午餐，而他是在午餐時候回來收拾行李，所以我們有說話。」

「喔，那你們說了什麼？」

我說：「沒什麼特別的。」

「這些沒辦法解釋你為什麼沒有待在學校。要是你以為我會這樣就算了，那麼，小姐，你錯了。」

我輕輕地笑了：「媽，我以為現在這個時候，最重要的不是這個。」

她放下扠在腰上的拳頭，拉緊浴袍——因為整件都敞開了——然後坐下。

她示意我坐下，我搖頭拒絕。

她說：「史黛芬麗，你坐。」

「我不想。」

當我們開始往椅子上坐，與某個已經坐下的人一起坐著的時候，就表示準備跟對方進行討論，到最後我們會上當，還會與對方和好，這個陰謀我已經領教過很多次了。我以前每次都上當，現在已經學聰明了。

她說：「你可以給我坐下嗎？」語氣帶有些許責罵的感覺。

「我已經跟你說過，我不想。」

「為什麼？」

「沒為什麼。」

她說：「什麼沒為什麼？」

「就沒為什麼。」

這樣的跳針呢，有時可以持續個半小時，我在這個「為什麼，不為什麼，什麼沒為什麼，就沒為什麼」的方面可是很強的。通常會持續很久的，只不過現在我媽媽沒有堅持問下去，她站起來，臉上的神情突然又變得憤怒，就像她剛才一進廚房時那樣。或許她比較喜歡打架吧——站在我面前，然後跟我打一場。另外她臉上掛著笑容，但不是好玩有趣的笑，而是兇狠的笑。

「好吧，如果你想要玩這種遊戲的話，你知道，我絕對奉陪。」

我不知道她是否要進行「我的天，我心臟好痛，你是要我死嗎」的策略，可是整場討論中，她竟然都沒有使出來！也許她只會對同年紀的人——像是剛才那個男人，或是我爸爸——使出這一招，因為這招對我沒有用，而媽媽也意識到這點。這證明我媽比別人想的還狡猾，還有跟她鬥的時候千萬要小心，因為沒辦法真正了解她的戰術，會一直持續變化。我呢，我超級冷靜，心裡一直超級憤怒，我真的真的很氣媽媽，所以她的任何把戲都絕對騙不倒我。

她說：「那你告訴我，你現在在這裡做什麼？要是以為我會寫請假單讓你明天拿到學校的話，你就繼續作夢吧。要是你被記警告或是退學，小姐，那是你活該，而且這次非給我轉去寄宿學校。」

我說：「首先呢，學校不會因為學生無故缺席而將他們退學，除非已經發生了三、四次，而我的情況並不符合。再來呢，被退學的話我也不在乎，要是你知道我會在學校幹出什麼事的話……把我送到寄宿學校試試看啊！你得先向人家解釋為什麼決定把我送到寄宿學校，再來就是要跟爸爸解釋，等他回國的時候就好笑了！」

「你是要我打你耳光嗎？」

「媽，我建議你不要，因為我比你還強壯。」（這可是真的，因為我現在的身材比她高大。）

這些話令她深受打擊。只見她表情錯愕，然後舉高了雙手，像是準備對廚房的天花板說話。她對著天花板說：「真是不、可、思、議！我不是在作夢吧？我女兒威脅我呢！這可真是一大創舉呢，真是創舉！」

她作勢大笑，可是事實上並沒有笑，因為沒什麼好說的，這一切都是鬼打牆。於是，一下子是我轉移話題，一下子是我們的對話繞著重要的事情打轉，但是從來就沒切入重點——這絕對是我爸媽的典型表現。爸爸也總是這樣，前一陣子他也在廚房對我做過同樣的事情，當時的情形我也寫在筆記簿裡。我真是受夠了，真的很想切入重點，而且也忍不住了。

於是我屏住呼吸，說：「媽，我覺得你做的事情噁心到不行，我什麼都知道，這真的很卑鄙、惡劣、討厭、骯髒，真的讓我很反感。你應該要覺得自己很丟臉，我對你沒什麼好說的了，我們之間再也沒有什麼好說的，我也不想再看見你，我現在就走，等想要的時候才會回來。要是你打算阻止或對付我，我就會把所有的事情都說給爸爸聽。要是我想的話，也會立刻去他的辦公室，那裡的人會把他在美國的電話給我，我會在電話上把事情全跟他說。不過別擔心，我現在不會那樣做的，因為實在太討厭你了。我會離開這裡，然後想回來的時候才會回來，就這樣！現在你無法阻擋我，不然的話，我就把事情告訴全世界！」

說完這些話，讓我簡直氣喘吁吁，心裡卻也輕鬆許多，可同時也感到恐懼，因為我感覺不到自己的憤怒——我的憤怒已經消散。我感覺非常空虛，不過反正已經一口氣說完了心裡話，現在我什麼都對她說了，她會怎麼做？

她一語不發地看著我，她在逞強，將頭往後，表情鄙夷地看著我，彷彿對一切完全無感。她似乎正在思考如何回答我，不過還是繼續笑著，然後她說：

「我親愛的寶貝，你到底知道什麼？你又能夠知道什麼？你以為你爸會不安嗎？你以為他和我說話的時候會小心不傷害我嗎？」

啊，這是我不想聽的，我也真的不想知道。我以雙拳用力地摀住耳朵，聲音非常尖銳地大叫，就像被割斷喉嚨放血的兔子——只不過我從來沒聽過兔子被割斷喉嚨所發出的聲音，或許牠們完全不叫，只是默默地被殺死，真可憐啊。我只是想表達我叫的聲音很刺耳、會置人於死地而已。

我尤其不想聽見她說關於爸爸的事，真的真的不想。她開口，可是我聽不見，我看見她的嘴唇動著，於是用力閉上眼睛，起碼不用再看見她。當我們像這樣摀住耳朵、尖叫、閉上眼睛，雖然不是故意的，但還是比昏倒來得強。昏倒或許是無可避免的，我就是遇到這樣的情況，整個人摔倒在廚房地板上。

我恢復清醒時，首先想到的是，這幾個月以來太常昏倒了，我的身體裡應該有什麼地方怪怪的，可能是缺鐵、缺碳、缺硫、缺硫酸鹽、缺錳，或者缺某個放在綜合維他命裡的東西。

媽媽俯視著我，撫摸著我的頭髮，輕輕拍打我的臉頰，說：「我可憐的女兒，我的小寶貝，我的愛，喔，我的女兒生病了，她的媽媽會好好照顧她的。」

我聽著她說話，並且等待著她說出過去從來、從來就沒有跟我說過的話，那就是說她愛我，而且是不用假音，認真地對我說，也不是像打招呼一樣地邊笑邊說。我等待著她真心說出她愛我，因為這真的是對我說這話的大好時機，可是她好像沒有能力說出這三個字。她像這樣持續了一段時間，後來我對她說：「媽，拜託你，我想一個人，拜託你現在讓我靜一靜。」

我的怒氣一下子全都發洩光了，整個人感覺很空無，而且是真正的空無——就是那個早已存在於半空與我們之間，也令我不安的空無。

她站了起來，我也是。她遞了水杯過來，真不知道為什麼你昏倒的時候，大家都是給你一杯水。我認為與其給一杯水，不如給一杯血——一杯鮮紅、新鮮的血，因為那起碼能夠讓人舒服一點。不過我還是喝下那杯水，筋疲力盡地往我房間走，媽媽在一旁陪著，同時問我有沒有好一點，要不要叫醫生來。這些又讓我實在受不了，如果她真覺得我不舒服，大可以決定叫醫生，為什麼要問我意見，這總不該由我跟她說吧？我只不過十三快要滿十四歲而已，為什麼現在就要代替爸媽決定這種事情呢？我還真是連聽都沒聽過！

尤其是我爸媽他們有認識的醫生，甚至可以說是只認識醫生。牙醫、婦產科醫生、口腔醫生、耳鼻喉科醫生、皮膚科醫生，甚至還有風濕科醫生——他們只認識醫生，我爸還認識成衣商，這就是唯二最常和我爸媽打交道的職業，就只有這兩種。能確定的是，要是哪天我遇見古典樂管弦樂團的指揮，肯定不是托我爸媽的福，也不會是在我們家裡發生的。慕提或是貝多芬，完完全全不是他們往來的對象。

為了不讓她再講醫生的事，還有不要再跟我講話，我說現在覺得很不舒服（這絕對是千真萬確的事實），想要躺在床上休息。我只脫掉牛仔褲、莫卡辛鞋還有毛衣，很快就閉上眼睛。

她坐在我旁邊說：「寶貝，我會照顧你的，這些日子以來我很擔心你。不過相信我，媽媽現在不會再離開你了，我會照顧你，直到你身體好一點。我的大寶貝，她的媽媽會好好照顧她的。」

她不斷跟我說這樣的蠢話，她像搖籃曲般地哼唱著這些話，讓我煩躁了起來，於是我對她用力比了「噓」，然後將身體轉向床鋪面牆的那一側，努力假裝睡著，努力到最後真的就睡著了。

或許這件事真的摧毀我了，也或許我這一天承受了太多事情。畢竟整件事是以不公不義的薩維耶事件開場的，接著就是爸爸要我算了，還有他與訓導主任通電話卻無功而返——再來就是和那個人所通的電話終究還是擾亂了我的情緒，最後就是這件事了：我發現媽媽肯定是當爸爸前腳一出大門，她就後腳跑去跟別的男人睡覺等等。她還跟我說爸爸一定也做了同樣的事，但這沒有讓我的情緒平復下來，反而更讓我覺得自己不再是前一天的那個女孩了。

前一天的史黛芬麗已經死了，我已經是另一個人了。另一個人已經睡著了。

25

當我們不是因為真的生病而待在家裡時，午睡醒來的第一件事，就是想知道其他同學是不是還在學校上課。坦白說，這感覺真的不好，我已經好久沒有這樣了，而且很意外，我竟然那麼快就睡著了，大概是因為身體很累很累，畢竟我時時刻刻都在長大，像是我的腳總是會痛，所以在大白天大睡一場是很正常的事，不會為我帶來傷害。

我醒來的時候，媽媽已經不在房間裡了，只有葛芬柯窩在床上，靠著我的腳掌睡覺。牠討厭爭論與尖叫，所以應該跟我一樣精疲力盡，甚至還更慘，因為牠的年紀比我大。我輕晃著被子底下的腳，同時用腳趾搔牠那仰躺露出的肚子，溫柔地喚醒牠，葛芬柯很喜歡這樣。

我對牠說：「葛芬柯起來，我們要去旅行了。」

牠呼嚕呼嚕個兩三次，接著伸了個懶腰，對我說：「小姐，你以為你能去哪裡？」

這陣子發生太多事情，讓我都忘了這回事，現在我和葛芬柯會像一般人類一樣對話。我還記得前幾天昏倒在廁所時，牠問我還好嗎，只不過我並沒有立刻注意到，因為我當時正忙著在鏡子前嘗試探索自己是誰、擁有什麼。不過現在我們會正常對話，我也覺得那超正常的（我應該真的瘋了！）

我於是對牠說：「你是對的，我要去哪裡呢？」

經過認真思考之後，我認為自己不能再待在這裡了，總之今天不能，在爸爸回國之前也不能，而且依照我與媽媽的對話來看，是絕對不能再與她獨處了。所以我自然得來個第二次離家出走，要是不這麼做的話，我就真的太沒用了，也會對自己感到失望。

我快速在腦海中擬出一份清單，一份「我離家出走後可以住的人家或地方」清單。我發現這份清單並不好，可是也沒有辦法解決……離家出走是很好啦，可是你還是得知道能去哪裡才行。

去蘇菲、瓦樂麗、娜塔麗、茱麗家？想都別想。因為其中有兩人離婚了——我是指她們的爸媽——所以連試都不用試，我注意到離婚夫妻的孩子通常不想惹上那種會捲入別人爸媽的麻煩，因為他們應該見識過、也經歷得夠多的麻煩事。我的另外兩個死黨則屬於「幸福的人」那一國，她們絕不會在沒有打電話跟我爸媽確認的狀態下，讓我住在她們家。那些幸福的人呢，總是什麼事情都與其他的爸媽確認。他們有人生基礎的絕對原則。

去芙羅兒家也一樣。她爸爸是個很有責任感的人，他已經示範過一次了。

也許我可以去拉德芳斯的四時商業中心或巴黎大堂，或是香榭大道，睡在流浪漢的睡袋裡，我看過其他差不多年齡的人這麼做，不過這並不怎麼吸引我，實在沒什麼興趣，首先是我可能會有被強暴的危險，而且老實說，今天也不是個好日子。

去音樂老師妮可家呢？或許可行，不過我發覺我連她住哪裡都不知道，也不知道她姓什麼，甚至不知道她結婚了沒或其他的資訊。

出發離開巴黎，並且一路搭便車——可以，我做得到，然後要去哪裡呢？法國的東西南北部都沒有我認識的人，而且現在是冬天，外頭可是一點都不溫暖喔。我思考了一下，我身上沒有錢，以前沒錢的時候，通常是媽媽會給我，可是我總不能跑去跟她說「媽媽，我需要錢離家出走」吧？

當然最好的辦法就是去美國，不一定要找爸爸，畢竟我連他在哪裡都不知道，只是若要立刻以農婦的身分與我的合夥人在那裡定居下來，我的錢也不夠買機票。我曾經在一份報紙上讀過一篇寫得很棒的故事，一個膽子很大的小男生偷溜進飛機裡，在被發現之前，他已經隨著飛機飛越了整片亞洲大陸。那個小男生應該是十一歲大吧，他很小，可是我太大了，海關立刻就會抓到我，把我送回家，而我會大吵大鬧，亂吼亂叫，媽媽就會因為有機會罵我一頓而感到開心。這樣的話，她會要求我忘記她和那男人做的壞事。不不，這真是壞主意。

清單結束。這份清單一點都不好。

不過我還是下了床，因為受不了想不出一個可讓我第二次離家出走的地方。我想，最起碼也得離開家裡一下，於是拿起US包包，把我的書放進去，再放進一件T恤、一件內褲、一件襯衫、一件毛衣、睡衣、一把牙刷以及牙膏，再放進我常常在寫的那幾本筆記簿，還放了貝多芬的田園交響曲錄音帶。我將這些東西與衣服一起收進包包底部，甚至放了一雙伯靈頓牌的藍色長襪。

我裝這些東西是為了能夠讓葛芬柯覺得像坐在小籃子裡，或窩在一個小小的貓窩。我穿好衣服，打開大門探看媽媽在哪裡。我沒聽見任何聲音，走到廚房一看，那裡也沒有人。我走回房間時，看見她在門口給我留了一張放在走廊地毯上的紙條。她相信這樣一來，我打開門的時候就會看見，紙條上寫著：

寶貝，我完全忘了自己有一場很重要的約會，不過立刻就會回來。我會在樓下義大利餐廳買披薩，然後我們就像閨密一樣來場小小的晚餐約會，要乖乖等我喔！媽媽會好好照顧你的。待會兒見！

她還真是一點都不會不好意思啊！不但裝得若無其事，還把我一個人留在家裡，完全沒有顧忌。而她唯一承諾我的照顧，就是披薩——我已經解釋過，這是我超級討厭的食物。此外，「待會兒」是一個我覺得很可怕的措辭，就像一些蠢節目在介紹那些白痴歌手時，為了給人親密與獨特的感覺，而拚命使用的措辭。

我抱起葛芬柯，把牠放進包包裡。牠一臉不高興，因為並不喜歡出門，可是我還不知道自己會離家多久，就算是只有幾個小時，我也不知道到底是多久，我想還是不能把牠單獨留在家裡。走到馬路上的時候，我明白自己無法單獨去哪裡，要是能夠兩人同行的話，會比較有力量，於是我決定去那個人家，問他要不要跟我一起走。

其實那也是我唯一能夠去的地方。我並沒有寫進清單，可是我該去的地方確實是那個人的家，他是我生命中真正重要的人。

26

抵達那個人的家時，我的背很疼，因為葛芬柯整路上弄得我很焦躁，不是一直唉唉叫，就是隔著包包和風衣抓我，所以我的臉色不太好。這次我有仔細想過了，鮑布羅應該上課會上到很晚，現在還是下午，距離傍晚還很久。

因為知道那個人從來不會去開門，我繞到屋子後方，朝窗戶丟石頭。他坐著輪椅來到了窗邊，我看見他的臉逐漸與窗戶等高，他示意我從那面矮牆上去，他房間的窗戶離地並不遠。他打開窗戶，我帶著US包包一起上去。

他對我說：「怎麼了？你離家出走嗎？」

「你是怎麼猜到的？」

他指著包包，可憐的葛芬柯從裡面探出了頭。他對我說：「要是你帶著你的貓，就代表你是來真的。」

葛芬柯跑出了包包，開始在喬爾的大房間裡繞，並且到處嗅，當牠不知道自己身在何處，也不喜歡這樣的感覺時，就會像這樣。牠在房間角落、錄影帶堆、書籍、報紙底下，像隻獵犬般地到處嗅，看起來相當焦急也十分驚慌，因為牠很不安。我心想，我與葛芬柯將有真正的麻煩了——我沒帶牠的貓罐頭，甚至連貓砂盆也沒帶，這趟離家出走還真是有個好開頭啊！

我對喬爾說：「跟我走，要是我們兩人同行的話，將會更有力量。」

「你想去哪裡？」

我回答：「這就是我的問題所在。我不知道要去哪裡。」

「你為什麼要離家出走？」

我把跟媽媽所發生的事情，從頭到尾、完完全全地說給他聽——我甚至還把在電話裡已經講過的薩維耶事件再講了一次。我還跟他說，他之前說自己只是在唬爛我的那些話，讓我相當失望。總之，就是給他做了個前情提要囉。接著，我告訴他：

「來，我幫你。我會幫你推你的小車子，我們倆辦得到的。」

「不不，我不能這樣對我爸媽，不行。」

他的表情嚴肅，也不像平常對我說話那樣地帶著微笑，我於是明白沒辦法與他一起進行我的第二次離家出走。太難了，不過我還是再試一次，對他說：「起碼試試吧！有一天，你跟我說或許有一天，你可以重新站起來走路，我相信我們一起的話，就能辦得到！我相信要是我給你所有我的電波，你也能好好接收到的話，就可以幫助你站起來，而要是你站起來的話，我們就可以一起做些事情——是那些真正讓人覺得不可思議的事情！」

不過他搖頭拒絕，神情比平常來得悲傷。他似乎等著我把話說完，好對我說重要的事情。但是我還沒有完全說完：「喬爾，我求求你，你得站起來，我求求你。要是我們一起走的話，你就不得不站起來走路，或許你第一天辦不到，但是我百分之百絕對相信我們會成功的！」

他對我說：「別再說這樣的話了，離家出走對你來說根本沒有用，完全沒用，你自己也說，你不知道去哪裡。」

「就算我不離家出走，我也希望你至少可以離開家裡一次，和我出去。和我一起走吧，就算我們去不了很遠的地方，也要兩個人一起去。」

突然之間，我意識到原來離家出走這回事並不重要，我真正想要的是和他出去；帶他出門，讓他見識不同的事物，在路上讓他牽住我的手，強迫他和我一起走路。可是他搖頭，神情也越來越悲傷，臉色蒼白。我對他說：「你怎麼了？不舒服嗎？」

「我沒有不舒服，可是現在不得不對你說實話讓我不舒服。」

於是他對我說了一些會改變我一生的事情，總之，這大大改變了我現階段與未來對事情的看法，甚至讓我深受打擊，這真的是今日打擊之中最大的打擊。

他告訴我：「我知道我弟弟那一天跟你大概提過，只不過他並沒有說得很詳細。你要知道，我永遠都不會好了……其實不只是這樣，我知道再過四、五年我就會死。我對你說的那些事情，像是絕食、我爸媽覺得丟臉、營養缺乏多發性神經病變等等，都是開玩笑的！我和鮑布羅隱瞞了真正的事實。真正的事實就是，我得的是更嚴重的病，那就是肌肉病變，我活不過十八或二十歲，這就是事實，我知道我很快就會死了，你看，很快就會。」

我已經不知道該跟他說什麼了。我在輪椅旁的地上坐下，想要牽他的手，他由著我牽，然後繼續說：「所以，我的史黛芬麗，『你媽欺騙你爸，而你爸或許也同樣欺騙你媽』這件事，你了解並非國際級的災難吧，看看我身上發生的事，是不是比較嚴重？所以別讓自己陷入這樣的狀態，你該看的是未來。」

我對他說：「我不懂你想說的是什麼，你說的是什麼意思呢？」

「意思就是別搞錯生命中『重要』與『不重要』的事物，你不需要把心思專注在那些大人彼此會做的蠢事、骯髒事與胡說八道。你得關照你自己的人生，你得停止抱怨，停止說自己很不幸，停止認為自己不屬於你稱為『幸福的人』當中的一分子。你或許真的不屬於『幸福的人』，但是也沒有那麼多好抱怨的事，世界上有幾百萬個跟你同年紀的女生也遇到類似的狀況，但是我可以跟你說，很少很少有人遇到與我相同的狀況。」

葛芬柯似乎在一堆錄影帶附近找到一處舒適的角落窩著，我感覺牠也在聽那個人說話，雖然如此，我並不相信牠全聽得懂。我脫下風衣，重新坐下，再次牽住他的手，他也由著我牽。我什麼都說不出口，不過那沒什麼關係，況且他的話也還沒說完。

「我和鮑布羅當初會跟你亂講，是因為很難跟一個陌生人說自己得了不治之症，有一天會死。這樣的事情，你只可以跟你很熟、也真的很愛的人說，而對方會開始默默地受苦。所以當我看到你背著包包跑來，裡頭還放了你的貓，跟我說了所有的事情，包括要離家出走等等的，我告訴自己，現在可以把真相全部都跟你說，不過交換條件是，你別再叫我站起來，因為我永遠都站不起來。你得停止要我跟你去旅行，因為對我而言，旅行這件事真的太難、太麻煩了。不過離家出走不能解決你現在遇到的所有問題，也不能讓你成為別人。你得從自己的內在而不是外在，找到適合你的東西。那不是在路上招手搭便車就能達成的，而是閉上眼睛，好好觀看自己。你知道嗎，我一直都會這樣做，然後就做到了，呃，好啦，我試著要做到。你知道嗎，一個人可以在自己的房間裡或是腦子裡旅行，那就跟真正走完旅程一樣如恆星般閃亮。」

由於他的話題裡談到了旅行，突然間，我只有一個非常強烈又激烈的渴望突然掠過心頭，我想與他進行一場內在的旅行，也就是想要與他分享音樂。他說的那些話讓我想到了音樂，於是我很想很想和他一起至少聽一次音樂會。

「和我一起去聽音樂會吧，聽一次就好，求求你。」

他對我說了那些話，也這麼信任我，我感覺心中湧上了一波一波與他分享比別人更多的一切的渴望，我對自己說，這，或許就是愛上某人吧？

他對我說：「老實說，我不喜歡出門，好幾年前，我爸媽試著帶我到處逛，他們很努力，你知道嗎，音樂會、博物館、足球賽都試過了，可是我不喜歡，是我要他們讓我待在家裡的，我比較喜歡這樣。」

「你可不可以出門去聽一次就好，和我去聽恆星級的音樂，就我們兩個一起？」

「我對任何演唱會都沒興趣，你也知道我會看所有的報紙，最近實在沒有什麼有趣的東西，都很蠢！」

我對他說：「我說的並不是那些流行搖滾蠢音樂會，而是真正的音樂。」

他指著報紙給我看，他房間裡總是有好幾公斤的報紙，地板上也有書，電視以及音響旁也放了音樂帶與其他物品。我們開始翻找刊登音樂會訊息的版面，結果我在某處看見了慕提與貝多芬的名字，於是有了更好的主意。我對他說：

「等等！我讓你聽聽某個東西！」

我從包包裡拿出《田園交響曲》。我本來不知道為什麼會帶著它離家，不過現在來看，顯然是為了能夠和那個人一起聽。

「你看這個。這個就是我想要與你一起聽的東西，你至少知道《田園交響曲》吧？」

他搖頭，然後推著輪椅朝音響前進。他有非常厲害的設備，而且最近還多了一台迷你電腦，讓他整天玩個不停。他將帶子放進音響裡播放，然後再回到我這裡來。我往他身旁靠，並且牽起了他的手，說：「我希望你把音量調得很大，因為這樣子的話，我們就可以立刻沉浸其中了。」

我們緊緊地手牽著手，一起聽著音樂，葛芬柯也閉起眼睛聽著。不知道從什麼時候開始，就在某個時刻——我總是會在相同的時刻知道自己正與小提琴一同飛起，並且開始完全地陶醉在音樂裡——在某個時候，我望著喬爾，他對我點點頭，臉上的表情說著他懂我，而也在這個時候，我對自己說，這是我真正的離家出走。我真正地與他出發同行，因為我們在相同的時刻擁有相同的感覺。

不過他突然關掉音樂：「史黛芬麗，你得離開了，因為鮑布羅快回來了。他不會懂這裡所發生的事情，接著我爸媽也會回家，我希望你們可以見個面，畢竟你現在已經知道了真相，不過不是今天。雖然我很希望我們可以一起停留在這一天，你今天已經發生太多事了，你甚至連如何在腦中整理這些事情都不知道。把貓抱回去吧，因為牠應該想家了，你看牠是那麼不安。」

接著，他還對我說：「我喜歡你的音樂的程度，就跟你喜歡的程度一樣多。我早就跟你說過，我們是一樣的人。」

聽了這番話，我的心裡很舒服，心情超級好。儘管遇到了那些麻煩事，我心裡還是比到他這裡之前好得太多太多了。

當然，他在我們正沉浸在《田園交響曲》時要我離開，還是讓我心裡有些難過。我不是很懂為什麼。對於我們愛的人，我以為他們隨時隨地對我們做出的要求，都應視為理所當然，也應該無所保留的配合。關於這點他是對的，我確實很難深入思考剛才發生在身上的事情，以及他對我所說的話。更何況我也真心不想見到鮑布羅和他爸媽，我想獨自待在自己的內在而不是外在。我想要針對所有發生在我們倆之間的事情做個前情提要。

我把葛芬柯與《田園交響曲》放回包包，接著親了那個人——我是說喬爾——的臉頰。我們從來沒對彼此這樣做過，可是就這樣發生了，我想他一定也想，因為他同樣親了我的臉頰。我從大門出去，加快腳步離開那條死巷，以確保不會遇上任何人，因為我並不怎麼想跟別人說話。

我的心裡有種奇怪的感覺，不算激動，而是有點茫然。

我不想立刻回家，也不想再見到我媽，只好花一個小時走遍了十七區。我在寒風裡走了許多路，不過走路的時候就不覺得冷，我也經常這樣做。有的人會去阿拉斯加或是中國，不過我的旅行呢，居然是去十七區，我的意思是，我對這一區太熟了。

背包裡的葛芬柯開始喵喵叫地抓我，於是我們進了一家咖啡廳。這家咖啡廳看起來淒涼而且還空空蕩蕩的，完全就是我想要的樣子。我們在某個角落找了張適合的空椅子坐下。我先喝了杯可樂，再點了杯檸檬汽水，接著又點了杯可樂，甚至還點了一杯茶。我把葛芬柯從包包裡抱出來，並且撫摸牠，讓牠不會害怕，因為貓呢，就算是高等生物，還是有件事做得不好，那就是立刻適應某個陌生的場所。不過我讓牠溫暖地窩在膝蓋上，還摸摸牠，葛芬柯最後也愛上了這間又淒涼、又空空蕩蕩的咖啡廳。我也是。

咖啡廳裡沒有客人。服務生的紅色鬍鬚讓他看起來像馬戲團小丑，他的聲音像女人般柔細，人也很親切。我對自己說，那是一個怪人，我可以跟他做朋友，因為我感覺他並不是那麼幸福，而我總是能夠與這種人相處愉快，雖然如此，我還是寧願不跟他講自己的人生故事。要是我們太常向太多人述說自己的人生，他們最後也會開始向我們述說他們的人生，逃不掉的。

我喜歡聽別人說話，只不過在我人生故事的這一刻，我發覺自己完全不想知道別人的人生發生了什麼事，特別是一個有紅色鬍鬚，聲音像女人的傢伙。雖說如此，他還是很和氣、很棒。

我忍不住在這裡待了一兩個小時，所以不知道已經是晚上了，而那個服務生不時走過來，神情詭異地看著我，甚至有一次還對我說：「小姐，看這個時間，你不認為該回家了嗎？」

我回答：「先生，你別擔心，我爸媽在等我，我等一下就回家了。」

我想要的，只是在一個溫暖寧靜的角落裡多待一點時間，就算那個角落又淒涼、又空空蕩蕩的也好，讓我可以思考一下自己在一天當中所經歷的、令人痛苦的一切——儘管那個人對我說的話那麼美，也讓我很開心，可是今天有太多事令我痛苦。我不只為了自己，也特別為了他身上發生的事而難過。我感覺老是哽在自己喉嚨的心已經不一樣了，因為現在我也因為他的關係，而像我朋友說的，有蛋蛋塞住了。

不過我也發現了某件事情，那就是為他感到痛苦不算是真正受苦，還有像這樣分享祕密（因為他只會對我那樣說話，而我也讓他沉浸在我的音樂裡，我們還親吻了彼此臉頰），可以說是非常美好，也是一種立即的回憶。而且比這還更美好的是，我知道我們彼此會一再地製造新的回憶。現在我們兩個一起擁有這些，感覺就像是我們比別人多擁有了某樣東西。

我細細地想著這麼多事情，想了好久，但是沒有什麼結論。我於是想再點一杯可樂，可是身上已經沒有錢了，只好在夜晚時分走出咖啡廳。

27

我回到了家，一樣沒有人在。我到廚房，叫著：「媽媽！媽媽！」沒有任何回答。我已經習慣家裡面經常空空的沒有人，可心裡一樣會怕，我甚至以為出了大事，不知道她是不是做出了傻事。我到她的臥房去，看，她已經收拾得整整齊齊，房內一片平靜，地毯上不再有任何東西，但她人也不在。我肚子餓，葛芬柯也是，所以我們吃了東西——牠吃貓罐頭，我吃最愛的酸黃瓜加些巧克力，平常很喜歡這樣吃，可是此刻卻沒有所謂的喜歡或不喜歡（其實，我不知道自己為什麼喜歡拿酸黃瓜加巧克力，或許是因為我的人生至今就是這兩者合在一起的滋味，有的時候讓人疼痛，有的時候卻很柔軟；有的時候會刺刺的，有的時候卻很舒適，就是這些感覺塑造出我人生的樣貌）。

我心裡想，媽媽太誇張了，明明可以留在這裡等我回家，畢竟她在紙條上是這麼承諾的。電話響了，是蘇菲打來的。

她對我說：「是你嗎？你在家裡？你生病了嗎？為什麼沒來農場？」

「我覺得不大舒服。」

她說：「啊，是嗎？」

「對啊，拜拜。」

「拜拜。」

我覺得她並不怎麼熱情好相處，身為朋友，她其實可以認真問我怎麼了，追問細節，而不是像這樣講出一個不痛不癢的問題。整件事讓我覺得人真的都只顧自己，當我們有煩惱——真正的煩惱——卻沒有多少人願意隨時問問題，傾聽你。蘇菲真令我失望。除了那個人，當然還有葛芬柯之外，我真的沒有人可以說話。這就是為什麼我會因為沒有爺爺或奶奶而覺得可惜，在這個時候，他們真的有可能幫我。

幫我或愛我，這兩個詞幾乎是相同的，只有一個字替換掉了，那就是「幫」與「愛」，可是我覺得指的其實是同樣的事情：當我們幫某人的忙，人家就會愛我們，當我們愛某個人，我們也肯定會幫他。

想到奶奶，就讓我想到莫嬷，我突然靈光一現，立刻決定要去見她，所以我離家出走的目的地就是這個了：莫嬷家。

莫嬷，當我還是小寶寶的時候，就是這樣叫這位照顧我的女士。莫侯嬷嬷，爸媽總是這樣叫她，沒叫過她的名字，所以我從來不知道她的名字是什麼，再加上我還是個小寶寶，所以最後就叫她莫嬷。對小寶寶來說這很正常，他們都會這樣讓每個名字面目全非。在我的想法當中，她才是真正撫養我長大的人，因為我媽現在連已經長大的我都不照顧了，哪有理由照顧還是小寶寶的我。

我當時最常看見的人就是莫嬷，她早晚餵我吃飯，幾乎就像個奶奶一樣，也因此莫嬷這個名字真的非常合適。我從來就不明白，為什麼我爸媽有一天就沒讓她繼續工作了，有一天他們三個人吵了起來——我不懂他們說什麼，也不懂她為什麼對他們說不想待了。他們大吼大叫，她哭得很慘，然而我所理解的是她離開了，從此我們再也沒見過莫嬷。莫嬷每年聖誕節都會寄聖誕卡給我，可是今年卻沒有，但是我每次都會回信，所以知道她住哪裡。她就住在諾曼第一個名叫阿爾村的小村莊。

我連莫嬤的長相都記不得了，但猜想她長得就像一個真正的奶奶，雙頰肥厚，一對總是在笑的眼睛。我只有一張她的照片，她抱著還在襁褓中的我。我真的不知道她和我爸媽之間究竟發生了什麼事，也從來沒有認真想過，我認為當她離開的時候，應該是對他們說了些關於他們的真話，而那些話讓我爸媽無法接受——現在我很清楚，人們從來就不會接受事實。

總之，她離開的時候，我爆難過的，還難過很久，我一直哭、一直哭，還不停地喊著莫嬤，我的莫嬤我的莫嬤——我經歷過十五萬五千個奶媽、保母、女僕、年輕的互惠生女孩，還有其他什麼的。瑞典女孩、巴西女孩、美國女孩、英國女孩、奧地利女孩，甚至還有來自我在這個世界上最討厭的國家——義大利的女孩，還有幾個法國女孩，不過我和她們根本處不來，爸媽也經常把她們換掉，我認為就是因為有過太多人了，所以最後我還是忘了莫嬤，也不再跟之前一樣哭叫著找她。我的朋友每個人也都有過一個莫嬤，我是指，那些像我一樣住在「不幸福的人」家裡的朋友，因為對其他人來說，莫嬤的角色是由自己的爸媽扮演。

我當然很想念她，不過到了某一天我也不再需要她了。不再需要莫嬤，此外，也不再需要保母，但是發生這件事的那一天，我年紀其實還很小，因為就是媽媽對我說「你已經長大了，可以照顧自己」的那一天。

也就是她將房子鑰匙交給我的那一天。據說所有的孩子在拿到家裡鑰匙時都很開心，但是我並不確定自己開不開心，也不確定愛不愛自己所獲得的獨立。從那一天起的八天當中，我聽見人家說我「獨立自主」，媽媽的嘴上也時時掛著「獨立自主」，接著是「承擔責任」。我想這兩個詞語應該很流行吧，她不斷地對我說──或是跟她的女性朋友在電話裡說，現在我已經獨立自主，會承擔責任了。

簡而言之，我再說一次：

就在等我那一直沒回家，還說要像「閨密一樣來個晚餐聚會」的媽媽時，突然之間，我完全忘記那個人給的所有建議，像是要理性等等的，我心裡只想著住在小村莊裡的莫嬤。小村莊裡的莫嬤完全吸引了我，於是我到白色大五斗櫃去找相簿和放在飯廳裡的愚蠢現代風白鐵盒，找到了莫嬤抱著還是小寶寶的我的那張照片。我撕下那張照片帶在身上，然後將包包裡的東西清出來，再放新的進去，因為這一次，我多帶了三個貓罐頭給葛芬柯，自己則多帶了一件厚毛衣，我的包包開始鼓得大大的，可是我並不想拿別的包包，因為只要我把葛芬柯放進包包，再背在背上，雙手就空了出來，也就可以做自己想做的事情。

我對葛芬柯說：「我們又要出門了，不過這一次知道要去哪裡了。你別擔心，我們在那裡會很好的，你會在鄉間玩得很開心的。」

牠並沒有回答。我認為牠不想動，牠應該不大喜歡我讓牠體驗的第一次偽離家出走，以及在那個人的家裡所上演的場面。所以第二次的離家出走——真正的，也就是我剛向牠宣布的離家出走，應該也不會讓牠太開心吧，可是我沒有別的辦法，因為有牠在我就不孤單，所以得帶著牠走。

我在包包裡放了幾個貓罐頭，上面鋪著那件厚毛衣當作墊子，再讓牠坐上去。我將包包擱在床上，讓牠可以習慣一下，然後，我想到該去找點錢。我知道媽媽會將錢放在她更衣室裡的某個抽屜，那個抽屜就在一個有著許多收納小格的大衣櫥裡。那間更衣室有衣帽架和很多掛鉤，供她掛所有的洋裝、毛皮大衣以及其他東西，裡面的大衣櫥有個抽屜放了珠寶和耳環，我知道也放了錢，雖然不知道她為什麼要把錢放在那裡，也不知道那些錢的用途是什麼，可是我從好久以前就一直看見她把鈔票放進去，於是我抽走了一張五百法郎的鈔票。現在，我已經做好了旅行的準備，也確定自己在找到莫嬤之前不會餓死，並且還可以和她一起在阿爾村生活。

我之所以一直想在美國當農婦，或許是因為莫嬤一直留在我的心底，而且我知道她住在一座農場裡，可能是因為這樣，才會一直想著去美國這件事。我還很小的時候去過她那裡，已經不大記得那裡的情形了，可是我知道那裡有牛、有一匹馬，還有個名叫傑可的鄰居。我們是開車去的，爸媽應該是在從多維爾回家的路上，繞路過來接我的，我想那裡應該不難找。反正呢，當我們心心念念想去某個地方，終究會到得了的。

就是這樣，我第二次離家出走了。真正的離家出走。

28

我的旅行並沒有一個太好的開始。我想先搭計程車到高速公路的入口下車，然後再以搭便車的方式到諾曼第去，可是我搭上計程車之後，司機並不想載我。

副駕駛座上坐著司機的狗，牠窩在一條長毛毯裡。我一上車便說：「先生，請到往諾曼第的高速公路入口。」

他對我說：「哪條往諾曼第的高速公路？有很多條。」

「通往阿爾村的高速公路。」

他說：「沒聽過。」

這個司機很會發牢騷。他嘟囔著說話，好像嘴裡含著煤炭；他很臭，我從後面就聞得到他的口臭，不過也或許是那隻狗的味道。

我說：「喔，是通往多維爾的高速公路。」

「好吧，早點說嘛。」

我沒回答。他開始開車，可是就在這個時候，葛芬柯發出了奇怪的聲音，不是尋常的呼嚕呼嚕，而是嘶嘶地哈氣，像打了個噴嚏或是類似的東西，然後想要從我的US包包出來。我不得不叫牠安靜，前座那隻原本睡著的無毛狗開始像牠的主人一樣，以同一種嘴裡含煤炭的聲音低吼。

司機說：「怎麼了？那是什麼？」

「沒什麼。」

他說：「你該不會帶了一隻貓上車吧？因為我的狗不怎麼喜歡貓。」後照鏡裡，我從他的眼神清楚看見他發現了葛芬柯的耳朵，而他一定也聽見了我叫牠閉嘴。除此之外，葛芬柯開始哈氣，我明白了那是因為牠一點都不喜歡狗，牠的毛應該開始豎了起來，而那隻大狗的低吼聲越來越急促，於是司機停下了車。

他轉身對著我——他的味道真的很臭。他說：「你下車。在這個時間，我真不知道你這個年紀的女孩在外頭幹什麼。」

我沒有跟他吵，因為他明明白白就是屬於「愚蠢人類」，對我來說，「愚蠢人類」還比「可笑人類」還難搞。與「愚蠢人類」相比，我還寧願與「可笑人類」打交道，只不過有的時候這兩種人會既可笑又愚蠢。總之我下車了，他應該開了有五百公里。我走到瓦根大道街角的計程車招呼站，在那裡找到一個願意載我到高速公路入口的傢伙。這個人身體不臭，也沒有狗，很沉默，看得出是與其做別的事情還寧願睡覺的人，意思是他幾乎就跟所有的成人一樣，對很多事都漠不關心。他在通往高速公路的高架橋下放我下車。眼前到處都是紅燈，還有通往聖克盧的路標，也有其他通往高速公路的指示路標，我走上坡道，在隧道口的彎道處站著——在爸媽載我去多維爾時，經常看到有人這樣做。此外，這裡也不是只有我一個人，有一個男生——感覺他的年紀比我大一點——拿著一張指示牌，上頭寫著「勒哈佛爾」。他看見我站在彎道上便向我走來，還隨身帶著一個小型白色金屬方格圖樣行李箱，對我說：「難道你去別的地方會死嗎？這個地方是我的，我已經在這裡站了半小時。你要站我後面，不然的話，我打爆你的腦袋。」

我沒立刻答話。我不怕他，只是我總不能背著貓，在路邊打架，讓警察來找我們麻煩，到時我也不得不說出自己的真實年齡。只不過我還是覺得這個男生對我這麼壞實在是難以置信。計程車司機是老人、愛發牢騷的人，可是這個男生在正常情況下，就像我朋友說的，和我有「共同的敵人」，也就是那些老人。

於是我把這些都對他說。我並不是有意要尖聲大喊，可是車子一輛一輛不斷地來來去去，我們就像置身在飛機引擎裡——只不過這個引擎是在外頭——為了聽見對方，只好大聲說話。他聽到我說的那些話笑了出來，他說：「小姐，或許你是對的。你叫什麼名字？」

我們正要交換彼此姓名時，一輛車子停了下來，一個男人低著頭朝我們高喊：「喂，小情侶，你們要不要上車？」

他不應該停下來等，因為他打著方向燈。眼看其他車輛開了過來，就算在這個時候——我想應該是晚上十一點——還是很快會造成交通問題，於是我們趕緊上了車。男生名叫派翠克，坐在後座，我則坐在前座，並將包包放在腳邊。我看見葛芬柯的耳朵搖晃著，並且發出可怕的聲音，牠喵喵叫，哭著、低聲抱怨，牠想說的是：「你要帶我去哪裡？這是什麼聲音，這光線是怎麼回事？你明明知道我討厭這些的。」

確實這對牠而言，應該就跟地獄一樣，因為牠一點都不喜歡引擎，我試著安撫牠，可是牠在包包裡躁動不已。開車的那位先生看了我一兩次之後，從後照鏡看著派翠克，問他：

「跟你一起的這個女孩子是你妹妹嗎？你們要去哪裡？」

我並沒有立刻答話。派翠克說：「我要去勒哈佛爾，回軍艦上。」

我於是明白他應該正在服海軍兵役之類的。他又說：「她不是我妹妹，也不是我女朋友，我們不認識，我才剛遇見她而已，我連她是誰都不知道。」

我轉頭對他說：「派翠克，你真是個噁心的懦夫。」

司機笑了。他不相信我們兩個並不認識，以為我們是情侶，也像情侶一樣吵嘴了。他不斷叫我們「小情侶」。我們已經過了隧道，他車子開得並不快。他問我的貓叫什麼名字，為什麼要帶著牠出來。我說：

「我要去鄉下找我爸媽。我沒趕上火車，而我和這個男的是真的不認識，不過先生，我還是要謝謝你載我一程。」

他說：「你說的鄉下在哪裡？」
「在阿爾村。」
他說：「沒聽過，是哪個出口呢？」
「我不知道。」
他哈哈大笑，說：「那你要怎麼找到那裡？」
「我不知道。」
他說：「我跟你說我們要怎麼做吧。我停下來加油的時候，可以問加油站人員，他們都是當地人，應該會知道你說的那個小鄉村。要是他們不知道，我就買份諾曼第的地圖給你。」
「真謝謝你。」
這個傢伙挺親切的。我望著他，他戴著一副圓框眼鏡，白色的鏡架直直延伸至耳後，而且就像梳子柄一樣粗。我看他看得更仔細一點的時候，明白他戴著助聽器，他應該是聾子，並將助聽器安裝在眼鏡裡。這樣的設計雖然看起來很奇怪，但是一點都不笨，只是我好奇當他拿下眼鏡時，要如何聽得見。

我說：「也許你從來不會拿下眼鏡。」

「什麼？你在說什麼？」

我跟他解釋自己想要知道的事情。他對我說：「你猜得沒錯。我一直都戴著眼鏡。」

「就連睡覺時也是嗎？」

「這倒沒有。」

在經過這場絕對純然獨特的對話之後，我睡著了，只不過並沒有睡太久。有人拍了我的膝蓋，應該是那個粗眼鏡男。他對我說：「下車，我們要加油了。我們去問你的小鄉村在哪裡。」

這間 elf 的加油站裡到處都有氣球、鴨舌帽與遊戲，只不過沒有人碰，因為這個時間裡無論如何都不會有人的。我到櫃臺去買焦糖棒和巧克力，順便問那位太太知不知道阿爾村在哪裡，她不知道。與此同時，我看見粗眼鏡男也在問身穿制服的加油人員問題。我去上廁所，廁所很髒。出來的時候，我看見粗眼鏡男對我打信號，我到他身邊去，他說：「你的小鄉村得在過了盧維耶收費站後的第一個出口下高速公路。來，我指給你看。」

我覺得他真的很親切。我們回到車子裡，派翠克坐在後面，一語不發。他看著我的樣子彷彿在生我的氣，真搞不懂他是笨還是太害羞。車子重新出發了，突然間，粗眼鏡男說：「太誇張了，我受不了了，忍不下去了，我得停車。」可是不管在車內或是路上，什麼事都沒發生啊！

他握著方向盤，車子開始蛇行，往高速公路的一側靠，再靠向另一側，嘴裡還不停地說著：「我受不了了，我受不了了！」

在他身後的派翠克急忙高聲對他說話，彷彿他對於這類的小意外已經見怪不怪了。

「別做傻事了，開慢一點，打開危險警告燈，慢慢地開。」

他像真正的老闆一樣下命令，而粗眼鏡男聽話照辦。他放慢車子速度，葛芬柯嚇壞了，牠又是哭又是喵喵叫，車子裡面吵得亂七八糟。我們在路邊停車，將車子開上排水溝旁的草地上。派翠克快速將身子彎向粗眼鏡男的肩頭，關掉引擎，抽出鑰匙。至於粗眼鏡男呢，他額頭貼著方向盤，竟然開始哭泣！他沒有抽抽噎噎地哭，而是默默地流眼淚，我們偶爾也會像那樣不哭出聲音來。我覺得這還比歇斯底里地哭喊——就像我媽媽那樣——還讓人感受強烈。

我對他說：「先生，你怎麼了？」

他並不回答，只是一直默默地哭。派翠克將車鑰匙放在儀表板上，然後對我說：「來吧，我們下車。」

他帶著他的白色金屬行李箱，我則背著我的US包包，一起下了車。外頭的天氣並不怎麼溫暖。

派翠克對我說：「我們不能繼續跟那個男的在一起，他是瘋子，最後會讓車子衝出路面的。」

「我們不能把他一個人留在那裡。他看起來真的很痛苦，我們根本沒開口問他怎麼了。」

派翠克說：「想知道的人就去找答案吧。」

我不知道那是什麼意思，應該是他在服役時會用的句子，不過他表情嚴肅而專注地重複說了好幾次：「想知道就去找答案吧。」

他接著對我說：「你做你想做的事吧，我會去找別的破車，我才不想冒著危險再上那個瘋子的車。」

他看著我，突如其來地以低沉的聲音對我說：「我不知道你要去哪裡，也不知道你是誰，可是我很高興能夠認識你，祝你好運了。」

在我還來不及閃開身子時，他俯身對著我，接著搭住了我的肩膀，朝嘴唇一吻，彷彿我們是愛情電影當中的人物：他是男主角，而我是女主角。他手緊緊地摟著我的腰，不讓我移開身體，就像電影情節一樣，然後以他的唇無論如何都想撥開我的唇，我感覺到他的牙齒胡亂地東磕西碰地想找到我的牙齒，我沒辦法呼吸，可是我寧死也不願意張開嘴巴。況且他的嘴巴裡有香菸的氣息，相當噁心，然而與此同時又覺得有趣，我並沒有害怕過，也從不認為他會像巴黎大堂的那個傢伙一樣想強暴我。我很清楚他要的是個「告別之吻」，之後他或許會把這個吻說給他那些軍艦上的弟兄聽。

我感覺這個吻十分短暫，他鬆開我的腰，放開我的肩膀，然後幾乎跑了起來，迅速往前方離去，車燈照亮了他的背與那只白色金屬行李箱。葛芬柯在我背後依然不停喵喵叫、不停晃動，幸好我在牠的爪子與包包布面之間放了一件毛衣，不然的話我的背早就被抓爛了。不過我還是很高興有牠跟著我，因為，要不是牠在派翠克想要扮演黑白電影明星克拉克．蓋博時，喵喵叫地吵鬧的話，或許整件事的經過對我來說就沒那麼好了。事實上呢，葛芬柯在不經意當中當了我的保鑣。

我重新上車，粗眼鏡男已經不哭了。他早已摘下了眼鏡，望著我。我眼中的他就跟嬰兒一樣地弱小、脆弱。我從來就沒辦法知道別人的年紀，我是指那些身在另一邊的老人。可是面對他，我又更加迷惘，因為他有一副大嬰兒扮裝成大人的模樣。我對他說：「先生，你還好嗎？」

「什麼？我什麼都聽不見。」

我說：「呃，你把眼鏡戴上吧。」

「啥？」

我打手勢要他把眼鏡掛在鼻梁上與耳朵周圍，他懂了，真的很有趣。就好像他希望我們告訴他該做什麼。他戴上眼鏡的話，看起來就沒有那麼不知所措了。我又問了他一個問題：「先生，你好多了嗎？」

他說：「對，我的孩子，對，謝謝你，我好多了。你的未婚夫去哪了？」

「他不是我的未婚夫。你把他給嚇跑了。」

他說：「真不應該啊。」

「你得把臉擦一擦，你剛才哭得太慘，臉都髒了。」

他說：「手套箱。」

我打開手套箱，裡頭有一包面紙。我抽了兩三張給他，不過在把面紙放回去的同時，我的手指碰觸到了某個又冰又硬、像是鐵製品的東西。當下我莫名地開始害怕了起來。由於他不說話，我想要讓他多說些話，於是又問：「先生，你怎麼了呢？」

他說：「沒事，我只是受夠了，就這樣。那對你來說太複雜了，你以後長大了就會懂的。」

「要是你現在不說的話，我永遠都不會懂的。」

他說：「我的太太離開我了，就這樣，而我沒辦法承受。」

「你像這樣開車是要去哪裡？」

「我要回我媽媽家。她住盧昂，她會懂我的。我要去請教她，問她的意見，看看她是怎麼想的，還有她認為我該怎麼做。」

我心想，只要他一直開車的話，就沒辦法打開手套箱，做出瘋狂而又危險的事情來，因為我絕對確定自己方才摸到的東西是把手槍。就算我總是說自己什麼都不怕，還是很怕一樣東西，那就是手槍。我是說，對於那些帶有死亡的東西，我完全沒法懂，那已經超過我的理解能力了。只要在電視或電影裡看見其中一樣的話，我就知道完了。看見一把槍的時候，心裡面就會有同樣的奇怪感受，我沒法明白為什麼，可是我告訴自己，那個黑色、冰冷，還帶有死亡的大東西，是世界上最醜惡的東西。

粗眼鏡男似乎因為跟我稍微聊一下天之後，恢復到了正常狀態。他照著後照鏡，喃喃地說了一些我不懂的東西，不過我不那麼怕了。他說：「嗯，我們重新出發，好嗎？」

「好啊，如果你可以的話。」

他說：「那好，孩子，我還是非常非常感謝你。」

「先生，你謝什麼？」

「謝你沒像你未婚夫一樣害怕，謝你沒和他一起離開，知道嗎，和你聊天讓我心裡舒服多了。」

然而他並沒有跟我特別說些什麼，或許他認為已經說了很多很多。人啊，只要在我們問他們問題，並且不回嘴、不爭論地稍微聽聽他們的回答，他們就會以為自己已經把整個人生故事都說給我們聽了，而我們也認同。粗眼鏡男呢，就算我相信他的手套箱裡有一把手槍，就算我相信他將來有一天會用那把槍做出傻事來，他也已經幾乎變成我的朋友了。

幾乎也令我遺憾的是，我們不得不這麼快就分開。

29

當我們通過盧維耶收費站，來到了第一個出口時，粗眼鏡男打了方向燈，他再次將車停在路邊一個小斜坡前的草地上。

他對我說：「阿爾村往上頭的右手邊走。應該離這裡有二十公里遠，我找過地圖，二十公里之後，你走一條小路。我在加油站看過了，並不難找。不過你確定要自己找嗎？」

我說：「是的，你別擔心，我認得路。」

不過我是唬爛的，其實什麼都不認得。如果我是他的話，就不會讓一個像我這樣的女孩子在深夜裡一個人用包包背著貓在路上走。可是我得說，他並不處於正常的狀態中，而且應該是不停想著自己的媽媽和太太，或許還有手套箱裡的手槍，於是我們互道再見，他便把車子開走了。我上了斜坡，一直走到一條高速公路的高架橋上。我看見一面標示牌寫著一些村莊的名字，可是並沒有阿爾村，我開始擔心起來。一直到今天，我還是會不斷猜想粗眼鏡男後來怎麼樣了，我很喜歡他這個人。

現在問題在於這條小路上連半輛車子的影子都沒有。時間應該已經是半夜的一兩點了，我開始與越來越不快樂的葛芬柯在深夜裡走著路。牠並沒有真正停過喵喵叫與試圖透過背包抓我，而我慢慢習慣把牠的叫聲當成走路的背景音樂。

不過我的心裡還是感到害怕，一點點啦，都大半夜的，我也會和葛芬柯稍微說一下話，把上課學過的詩念給牠聽。我讀過的詩並不多，所以念的都是同一首。我高聲地念，給自己壯膽，這首詩是：

我捏緊了插在破裂口袋的雙拳離開
我的外套也變成了完美的理想
繆思，我要到人間去，我是你的忠誠信徒
喔老天，我夢想著華美的愛

我並沒有夢想華美的愛，口袋也沒破，然而之所以人在深夜走上這條路，離家出走，應該是因為我也夢想著愛。這首詩我記得清楚的只有這前四行而已，總是沒辦法記得後面的部分。記各種詩的開頭我可是強得很，接下來的部分就不行了，我應該有記憶力不足的毛病，可能是荷爾蒙的問題。

於是，我又再次高喊：「我捏緊了插在破裂口袋的雙拳離開。」

這首詩，我大聲喊了大概有一百次吧，直到抵達一個公車停靠站為止。這個停靠站裡有一張長椅、一點光線，除了沒有門之外，看起來就像一間玻璃屋。我與葛芬柯坐了下來，將牠從袋子裡抱出來，讓這個可憐的老傢伙稍微放鬆一下。從我走出家門起，牠應該就沒覺得好玩過。牠開始覺得冷，眼睛充滿了液體，就像是哭過一樣。

有次我們與爸媽在車上時，牠也給我來這一招。牠緊張不安的時候就會這樣，眼睛周圍會分泌出一種像膠水的液體，樣子也比平常更瘋狂。我對牠說：「葛芬柯，你別擔心，我們快到了。」

牠不再對我說話，只是喵喵地叫著，可是我沒能夠清楚牠想對我說什麼。

我想牠已經受夠了，也想對我說別怕，我們最後一定會到莫嬤家。現在我完全累壞了，也有點冷，於是在候車棚的那一小張白色金屬長椅上躺下，將US包包當作枕頭，然後將葛芬柯塞進我的外套底下，讓牠靠著胸口，當作暖爐，而且我這樣抱著牠也可以避免牠逃跑。我總是怕牠逃跑，我知道貓這種動物一點都不喜歡冒險與意外狀況。我至少得用一隻手抱住牠，有的時候牠的身體會發出小小的喀嚓聲，像是帶電，而這也代表著牠想跳起來逃跑，於是我用力抱住牠。葛芬柯安靜了下來，我們應該就保持這個姿勢睡了一會兒。閉上眼睛之前，我在腦海中擬了一小份清單，內容只有一點點：「成功離家出走所需」之清單。

別帶自己的貓。

別在夜晚出發。

別知道目的地——就算在這種情況下，這不能真的算是「離家出走」。

要帶睡袋。要帶巧克力。

要比實際年齡看起來老。

別後悔別自責。

別往後看。

別想爸媽，也別想著自己是不是幹了件恆星級的大蠢事。

別哭。

別多想。

總之，就是反著做我這次所做的事情就對了。

我被冷醒，葛芬柯也發著抖。我聽見一輛小卡車發出了粗重的砰砰聲，於是往馬路中央站，並且揮起了手臂。天空已經微微透出紫色的光芒，我從來就沒有這麼晚或是這麼早站在外頭，看天色是如何地變換，這還真的很美。我永遠都會記得置身於那樣的時刻當中，就算當下我並不怎麼喜歡，因為當時心裡只想著叫那輛卡車停下來，不過天空中出現的那道紫色光芒還是很美！

那是一輛小卡車，司機罵了我一頓。這個司機很年輕，整個人又肥又胖又紅通通的，連鼻子與臉頰也是紅的，他以奇怪的口音對我說話，應該是諾曼第口音吧——一個有點獨特的諾曼第。

他對我說：「你在這個時間站在馬路上是不是有點神經？」

他能停車讓我開心得笑了起來，其實我在裝腔作勢，因為要是露出微笑的話，別人就不會認真看待這類的事情，也會忘記我們正處在一個絕對徹底非法的情境之中。我對他說：「先生，別擔心，我爸媽的車在高速公路上拋錨了，我得去阿爾村與我的姑婆莫侯女士碰面，你認識她嗎？」

「莫侯……莫侯……不認識，不過阿爾村可是小到你很容易就找得到。來，我載你，我會經過附近。」

這個紅通通的胖男人很親切。直到抵達之前，他一句話也沒跟我說。阿爾村並不是一座村莊，而是三間屋子，稍遠處的斜坡上還有一座教堂，在兩條交會的小路上，有一個小池塘，不過正確來說應該是個水塘，裡面連隻鴨子都沒有，不過可以期待鴨子之後會出現。

卡車司機在一個有池塘的廣場放我下車就開走了，我敲了第一間屋子的門，天色還未亮，附近的狗兒一起吠叫了起來，氣氛真的很溫暖、很好客。葛芬柯在包包裡喵喵叫，唉聲嘆氣。

我敲著的門旁邊有扇窗戶。只見那扇窗戶拉開了百葉窗，一個蓄著小鬍子的傢伙盯著我看，由於他一句話也沒說，連聲早安也沒有，所以我能怎麼樣？不能怎麼樣啊——我彬彬有禮地問他：「不好意思，先生，請問莫侯嬤嬤住在哪兒？」

他伸手指向那座小教堂，說：「這條路上再過去一點，有間圍著白籬笆的小屋子，就是那裡。」

他沒再說什麼就關上窗了。沒跟我說再見，也沒問我什麼，真的是一個鄉下大老粗。

我開始走路，可是在這麼一個平靜的地方，卡車停車、敲門與百葉窗的開關聲、狗吠等等，吵醒了這一帶的所有人。現在，到處都聽得見狗在叫，我從來沒聽過這麼多的狗吠聲，阿爾村應該每戶人家都養了十二隻狗吧。

我不能說葛芬柯喜歡這個情況，牠應該嚇死了。我開始跑，想要快一點離開這個村莊，大概跑了一到兩公里這麼遠，不過我不懂得怎麼計算里程。原本的道路變成了一條小徑，上頭還佈滿泥土、礫石與石頭——這些東西想必是用來防止冬季的路面上有太多爛泥巴——還有混著牛糞的髒水窪，我不時得跳開這些水窪，結果我身上開始變得又髒又濕，再加上又冷、又累、又餓，但還是對葛芬柯說：「好了，我們到了，你別擔心，莫嬤會讓我們好好地洗個熱水澡，還會給我們熱巧克力喝、溫暖的被單休息，我們會乾乾淨淨地待在那裡取暖。」

我看見了莫嬤的房子。我對這間屋子實在沒什麼印象，因為只在很小的時候來過這裡一次，不過這間屋子四周豎著白色木板，所以那個男人才會說成白籬笆。這是一間毫無色彩的小房子，窗戶沒透出任何光線，我得走在爛泥巴上才能夠抵達屋子的大門前。

還聽得見一隻狗叫得很大聲，我還沒看見那隻狗，不過從牠吠叫的方式來看，應該是隻大狗。我心想，從離開家門開始就不停看見狗，而狗也不停找我和葛芬柯的麻煩。門開了，一位嘴邊有著小鬍鬚的老太太出現了。她腳上穿著木鞋，身上套著跟被子一樣的綠色浴袍，頭上還圍著一條破布。我一開始沒認出莫嬤來，因為與照片相比，她老了，不過確實是她沒錯。她說：「你要做什麼啊，我的孩子？」

「莫嬤是我，我是史黛芬麗，你不認得我了嗎？」

她低低叫了一聲：「史黛芬麗，史黛芬麗，你在這裡做什麼啊，我的孩子？」

她滿臉訝異，不過沒有表現出不高興的樣子。那隻狗仍然大聲吠個不停，為了聽見彼此，我們只得大聲喊叫。

我急促地說：「呃，我爸媽把我留在這裡，然後開車去多維爾了，他們要我問你，如果不麻煩的話，讓我待在這裡幾天，因為他們在多維爾有事要忙。」

她搖搖頭，嘴裡大概說了像是「他們的話我不意外」這類的話，不過那些字句都在鬍鬚底下繞著，所以我沒聽懂。當然，我沒對她說實話確實一點都不光明正大，可是我覺得她很冷淡，也不親切，要是老實說出我是離家出走的，她絕對會在我都還沒踏進她家之前就攆我走了，而我真的很想乾乾淨淨地取個暖。

她說：「好吧，你進來吧，我的孩子。」

她的每句話結尾都是「我的孩子」，實在讓人很煩，我又不是她的孩子，完完全全不是！讓我煩的還有——我不能說覺得意外，甚至坦白說，也感覺有點不高興——她什麼都沒問我，包括我的近況如何，沒有，什麼都沒有，只是一副因為我在這裡而感到困擾的樣子。

她一看見葛芬柯從包包探出頭來，立刻大叫：「老天爺啊！這是什麼？」

「牠叫葛芬柯，是我的貓。」

「梅鐸和我都不喜歡貓，我的孩子，你得把你的貓關起來。」

「莫嬤，求求你，讓我進去，我好冷。」

我一直站在門口，她也並沒有招待我進去。不過她還是讓我進了一間小廚房，因為她家並不是一座農場，而是一幢小小的房子，只有一間小廚房、一個壁爐、一張小桌子、一台擺在角落裡的電視，就這樣而已，沒有客廳，也沒有門廳，什麼都沒有。

她看著我的神情並不親切，我只得開口問她：「你有沒有熱的東西喝，我從昨天起就沒吃喝了。」

她皺起了眉頭，說：「你爸媽到底怎麼了？現在他們也不給你東西吃了嗎，我的孩子？」

我沒說話。她開始煮水，連叫我坐下來都沒有，什麼都沒有。我自己挪了一張椅子坐下，整個人已經精疲力盡了。我看著她在一個碗裡倒入菊苣咖啡粉。

「喔，莫嬤，能再看見你真的太好了，你不高興嗎？」

「喝這個吧，我的孩子，我得去照顧母牛了。」

梅鐸這隻狗進了廚房，我感覺牠是自己開門進來的。牠是一隻毛色黃白相間的大狼狗，有著尖尖的鼻子以及骯髒噁心的大牙齒。牠對著葛芬柯吠叫，我感覺我的貓在包包裡豎起了毛，又開始發瘋了，莫嬤以壓過所有喧鬧的音量大喊：

「梅鐸，趴下！」

可是她的梅鐸並沒有趴下，牠在我與椅子四周打轉，並且吠得越來越大聲。於是莫嬤——她肯定是因為如此才不得不對我說，不然的話，我認為她不會做些什麼的——她對我說：「上樓去吧，我的孩子，這樣這兩隻才會安靜下來，在這段時間當中，我要帶牠去照顧牛。」

她指著一道有單邊扶手的木造樓梯——其實不大算是樓梯——我端著那碗菊苣咖啡上樓去。那裡有一扇門，就像在閣樓一樣。我在一間小房間裡，有一張小床、一張小扶手椅，床上還有一張羽絨被。我關上門，打開了包包。葛芬柯喵喵叫地從包包裡出來。牠嗅嗅聞聞地，開始在這個昏暗的小房間裡四處走，不管如何，牠應該還是會因為不用在待在外頭，也不用聽那隻笨狗不停吠叫而感到如釋重負吧。牠在門前擺出了警戒的姿勢，然後一動也不動。

我渾身發著抖，把一整碗的菊苣咖啡喝完，那還真的不大好喝，不過至少是熱的，可也讓我想吐。我對葛芬柯「噓」了一聲，想要聽聽樓下的動靜。莫嬤應該出門去了，因為我什麼都沒聽見。我於是連忙打開門，走小樓梯下樓，稍稍翻找了所有的櫃子之後，找到一個開罐器，還有麵包以及乳酪。我匆忙全拿上樓，就怕被她當場逮住。

我不是害怕莫嬤，而是不想惹她生氣，我告訴自己，得要對她很有禮貌，好讓她接受我，讓我在她家住一下。可是事實上，我已經想走了，我討厭這個地方，而且覺得一切的發展都很糟糕。只是我很冷，葛芬柯自我們出門後就沒吃過東西。我一回到房間，趕快開了一罐貓罐頭，把牠的食物放進剛才裝著菊苣咖啡的那個碗裡。雖然如此，牠還是速度飛快地吃著，可憐的傢伙。

我呢，我渾身打顫，開始覺得不舒服了，我穿上所有的衣服，蓋上那條羽絨被。被窩裡的氣味就像濕襪子加上大蒜，很臭很臭，不過我不在意，因為只想試著讓身體暖和，稍微睡一下，因為我不舒服得快死了。

31

我像這樣不舒服了不知道多久，大概兩天吧。我一直渾身發抖，打著哆嗦，眼睛痛、腳痛、背痛、腰痛、頭痛、牙齒痛、到處都痛，這輩子都還沒這麼痛苦過。我也已經分不清楚日夜了。

莫嬤雖然照顧我，但是最低限度的照顧，也就是僅僅讓我不會死掉的程度。她會進房間，用體溫計幫我量體溫，提供糖漿與阿斯匹靈，讓我配著水喝下。在這兩天中，她對我說的話不超過十個字，而且說的老是同一句話：「哎，我的孩子，你生病了。」

然而她還是讓我退燒了，而且很快就退，不知道她在糖漿裡放了什麼，但終究讓我很快康復，只是我覺得全身虛弱無力。被窩下，葛芬柯窩在身旁睡覺，我病了有多久，牠就睡了有多久，我覺得牠也是在恢復我們離家出走那一夜所耗費的精力，或者是被我傳染了，只是牠不說。我向莫嬤要一個裝著沙的桶子好讓牠上廁所，可是她說：「又要什麼了？牠不能跟大家一樣到外面上嗎？」

可是牠不想離開房間，而且應該也很怕梅鐸，所以她最後還是拿了一個桶子過來。我在床上時常坐起身察看桶子裡的東西，可是什麼都沒有，葛芬柯在這方面似乎完全堵塞住了，牠不再尿尿和大便了。

我幾次看著莫嬷在屋子裡走動，也聽見她對梅鐸說話，或是自言自語。她沒有外表看起來那麼壞，我發覺她的問題就在於獨居很久，再加上年紀也很大了，但老是有事情得忙，也不間斷地照顧她的牛隻——我偶爾會從窗戶看見那四隻黑白色、垂著乳房的可憐東西——她要帶牠們進進出出，東忙西忙的，真的沒有好日子過。我很想幫忙，可是她看起來並不想，而且我們也沒辦法好好聊個天說個話。她總是以簡短且令人不快的話語回我：「你並不知道什麼叫做孤獨，我的孩子。」

不知道是第三天還是第四天，我覺得身體好多了，吃了點東西，一些亂七八糟的蔬菜和其他東西，然後到外頭去看牛。回到屋裡的時候，莫嬷對我說：「現在你已經好了，我就可以去市區，我會回來的，你替我顧房子吧，我的孩子。」

我心想，她好像開始信任我，也許之後可以與她一起生活了，只是她出門之後，屋內只剩我一個人的時候，我的心情真的很差。突然想起朋友們和那個人，還有媽媽（並不一定是照這個先後順序啦），我想要再見到他們每個人，於是心裡慌亂了起來。我對自己說，媽媽應該是擔心死了，我竟然糟糕到沒去想她會有多擔心害怕，說不定她為了找我，已經和警察找遍了整個法國。總之，我真的是一個自私、任性、愚蠢、智障的笨蛋。我只想到自己而已，真的就跟個大人一樣沒用。

我於是對葛芬柯說：「我受夠了，我想要回家，你呢？」

牠沒有回答。我轉過身，牠不在廚房裡，我上樓到臥房去也沒看見。牠沒吃東西，桶子裡一直都是乾淨的。我開始呼喚牠：「葛芬柯！葛芬柯！」

接著，我一邊叫牠，一邊以嘴唇發出「噓噓」聲，當牠躲在家具底下，或是不小心把自己關在櫃子裡的時候，這個聲音就會引牠出來，可是我還是沒聽見牠的回應。我很愛我的貓，也很習慣有牠在，牠如果不見了的話，我立刻就會知道。沒有葛芬柯，就像是出現某種只有我能感受、能體會的沉默，而現在，我感受到了那種巨大的沉默。牠不在這裡，不在莫嬤的屋子裡了——出事了。我害怕得要命，身體不再覺得不舒服，也不再心情不佳，我絕對絕對得找到牠，這也是我心裡唯一所想的事情。

我立刻想到那隻蠢狼狗沒有辦法容忍貓的存在，於是馬上去找那隻狗。可是牠不在狗窩裡，也不在牛群旁邊，這很反常，像這隻混蛋一樣的狗，天生就是會在主人或女主人不在的時候顧家。於是我心想，葛芬柯一定是趁著莫嬤開門的時候溜出去了，而梅鐸一看見牠肯定就開始追捕牠，我的貓就這樣迷失在大自然的某一處。

葛芬柯打從一開始，顯然就反對我所做的一切，我是到現在才發覺。牠不想與我作對，但牠也肯定完全不喜歡這間屋子、不喜歡莫嬤、不喜歡這裡的氣氛，不喜歡一切的一切。貓呢，天生絕對不適合跑跳、寒冷、夜晚、上演的這一切、卡車、搭便車、背包，以及我讓牠承受的這一切不可思議且不負責任的蠢事。貓也討厭進不去的場所，因此只要可以的話，就會逃跑。

牠一直在等我痊癒，因為我的貓是一隻愛的精靈，牠先是擔心我有沒有好一點，等牠看見我恢復健康之後，只要屋裡有一扇門沒有關上，牠就會連一秒鐘都不浪費，立即像撒了隱形粉一樣消失不見。

總之，都是我不好。

我穿上外套，套上放在廚房水槽底下的橡膠底雪靴，走到田野間尋找葛芬柯。我四處大喊，呼喚著牠的名字，接著我閉口不再出聲，等待牠的回應，只是毫無動靜。我看見梅鐸靠近，是從小路的另一側走來，神態頗為奇怪。牠進了狗窩便待在裡頭不動。我說：「你這個該死的垃圾，你知道我的貓怎麼了對不對！」

可是牠沒辦法對我說話。狗是不會回答的，也不會說話。我對狗並沒有意見，我喜歡所有的動物，絕對沒有例外，可是動物界之中大概也有混帳與蠢蛋的存在，這不是成年人類獨有的，而要是真的有的話，梅鐸絕對是動物界的前幾名。

我在原野間拚命跑，穿越了三片小樹叢與灌木叢。我喊著牠的名字喊到失聲。我應該已經走了好大一圈，因為來到了阿爾村的公路上，也就是在回莫嬷家的那條小路之前的大馬路。我累了，我哭了，不知道自己怎麼了。這條公路轉個彎之後就是一條可通往莫嬷家的路，路面柏油只鋪設至彎道之前。我看見了葛芬柯就在柏油路上，一動也不動。我立刻明白牠已經死了。

牠幾乎被分成兩半。一定是某輛卡車、曳引機或是重機輾過了牠。牠一定是嚇壞了，或許梅鐸追牠追過了整個鄉間，牠應該是在找我，因此回頭走上了我們當初前來的道路，一定是這樣的，牠感覺到身體的震動，明白我們是從哪裡來的，接著一輛重機還是什麼的把牠撞倒了。

可是牠死了，不單是死了而已，我的葛芬柯還被嚴重傷害。牠被消滅了——對，就是這個詞，消滅。我找不到比這更糟的詞來形容了。

我抱起牠。牠的身子還是暖的。我緩緩地走回家，可是並沒有哭，我嘗試對自己說些話，我嘗試告訴自己，牠還和我在一起，可是也已經到了天堂；到了空無的另一邊，與倉鼠團聚。我非常非常認真祈禱牠不會太悲傷，因為這樣的話，我至少心裡還能夠懷著期盼，希望牠在天堂能夠幸福，否則我會活不下去。

我走路的時候，整個心思與視線都集中在牠身上，對其他的事物都看不見。走到莫嬤家門前時我抬起頭來，看見了一輛車子，認出那是媽媽的車。我看見媽媽張開雙臂跑過來，也看見莫嬤，她的身後還有幾名警察，以及一輛警察會有的車子——藍色的，車頂上還放了一個東西。大家看見我的時候全都停下了腳步——全部的人，除了我媽媽。她繼續跑向我，還叫啊叫地，她跑的時候很美，一看見她，我整個人放鬆了下來，於是也大聲地叫著：「媽媽，媽媽，葛芬柯死了！」

我知道自己隨即又喊了：「媽媽，請原諒我！」

她一把抱住了我，她聞起來很香，也很溫柔，她對我說她愛我，葛芬柯在我們兩人中間，我們一起哭了起來。我感覺牠也哭了。

32

後來，我們開車回巴黎，她全對我說了。媽媽把事情全向我解釋清楚，莫嬤在前幾天就已經偷偷地打電話告訴她，我在她家，而且還生病了。莫嬤真的很棒，她到阿爾村的菸草店問出我爸媽的電話號碼。她對媽媽說，最好等我痊癒了再去接我。媽媽等了兩天才去，在那段期間，她試著聯絡上爸爸，我於是明白原來爸爸想要離開她。他其實不是去美國旅行，而媽媽什麼都沒告訴我，一個人全忍了下來。後來，她和爸爸彼此把事情說個清楚，他們之間其實有了如同他們所說的：危機。據說這會發生在所有大人的身上。

在危機之中，由於我拋棄他們兩人，讓他們飽受驚嚇，於是決定試著像一般父母一樣重新共同生活，並且更細心地養育我，加倍地愛我。

我問她為什麼爸爸沒和她一起去接我。

媽媽告訴我，她決定自己去就好。她想單獨和我談談，因為我是她最寶貝的女兒，她想讓我知道她真的很在乎我，也為了我而煩惱不已。

於是，這麼久以來，我第一次告訴媽媽她是對的，說我很開心能夠單獨與她一起在車上，就算後行李廂那個小小盒子讓我傷心不已。那裡頭是葛芬柯的屍體。

33

回到家之後，我並不想立刻回學校上課。爸媽對我很好，要我慢慢來，不要急，於是我們三個人一直都待在一起，也做了好多好多的事情，只有一件事情是我單獨去做的，那就是差不多有三、四天的時間，我每天都去找那個人。我們聽音樂，我們很開心，我也把事情全告訴他。

第二天，當我從他那裡回到家之後，媽媽對我說：「過來看看。」

她帶我進廚房，裡頭有一隻好小好小的貓：一隻很可愛的小毛球，是跟葛芬柯一樣的暹羅貓，只不過是迷你版的，而且年紀也比葛芬柯小了一萬倍。我真不敢相信，驚訝得不得了。媽媽對我說：「這是給你的。為了這隻貓，我可是到處去找呢。你知道你要怎麼叫牠嗎？你要叫牠賽門。」

我對我媽媽說：「媽媽，你真的太棒了。」

我與小賽門玩了一整天。隔天，整個人的身體和精神都很好，於是決定到社區裡逛一逛，重新到外頭看看。結果，我無意間來到了那家當時葛芬柯窩在我膝蓋上好幾個小時，而我在認真思考的咖啡廳。一切，也就是從那裡開始的——我的這場離家出走；這場貨真價實、結果出錯的離家出走的種種一切，都是從那裡開始的。

不知怎麼的，我很想進咖啡廳。裡頭還是同一個留著紅色鬍鬚的服務生。我向他點了杯可樂，他認出我來。與他再次碰面，有種奇特的感覺。我一看見他，就突然想起所有的事情；想起那輛對我和葛芬柯態度惡劣的計程車；想起派翠克那個蠢蛋；想起哭泣的粗眼鏡男；想起莫嬤……我看見他們大家在那杯可樂裡逐一現身。雖然整體來說，這真的是一場糟糕的經歷；就算這場經歷特別富有悲劇色彩，而我所遇到的事情其實很恐怖，但是能夠在那杯可樂裡再次見到他們，給我的感覺，就跟再次見到那個紅鬍子服務生一樣——我喜歡他們每一個人。

那個服務生對我說：「小姐，你還好嗎？你每次來這裡的時候，表情都有點奇怪。」

我說：「沒有，現在都很好了。」

我喝著我的可樂，等待著。剎那間，我覺得內心非常平靜，不過還是走出了咖啡廳。

34

那天是二月七日，也是一個我永遠不會忘記的日子。我的雙腿發熱，雖然以前也曾有過，可是那種發熱的感覺並不一樣。

我感覺內褲溼了，可是那並不是尿，別開玩笑了，我可是早就知道尿在褲子上是什麼感覺——甚至不需要察看或是觸摸就知道那完全不是尿。我立刻明白發生了什麼事。

也許我在咖啡廳的時候，雙腿間就已經有熱熱的液體了，可是因為咖啡廳裡頭很熱，我又是坐在長椅上，所以才會什麼都沒發現，只有在站起來，並且走出咖啡廳時才感覺到。我不敢動，整個人驚慌失措，完全動彈不得，就好像有人拉住我的腳底，不讓我走路。我動也不能動，應該是有人用槌子和釘子把我釘在地上——因為這個當下所發生的事讓我動不了，完全不知道該怎麼辦。我怕大家都看得出來，也怕牛仔褲前後都沾到，並且會有好幾公升的血流到我的鞋子與人行道上，然後大家會拉住我，對我說：「小姐，別再走了，你正在流血！」想到這些，我害怕得不敢再繼續往前走。

我的問題就是，我完全不知道該怎麼辦。

我或多或少都曾問過朋友們關於第一次來月經時的狀況，還有她們發生了什麼事，並且做了什麼。她們也或多或少把遇到的狀況告訴我，可是這就跟所有我這輩子所發生的事情一樣：別人告訴你的事情，跟發生在自己身上的狀況，絕對有巨大到不可思議的差別。比如我朋友是這麼告訴我的：「別擔心，那沒什麼，只會有一點點痛而已，不會怎麼樣的，而且那種感覺甚至還算是有趣呢。」

事實上呢，她們應該是跟我開很大的玩笑。她們都在唬爛，這就是為什麼我會說每個人都會撒謊，甚至連小孩也會——只不過我們已經不是小孩子了。我很肯定當她們第一次來的時候，不會比我好到哪裡去，只不過我這個人衰到不行，所以是在走出咖啡廳時、在人行道上來的。我對自己說，總不能像這樣腹部與腹部周圍到處都不舒服，而且雙腿間帶著那個溫熱的怪東西，一輩子定在路上不動吧。我還對自己說，這是一件不需要他人，也不需要那個人、我媽媽，或是葛芬柯（反正這個可憐的傢伙已經死了）協助，就可以獨力處理事情的關鍵時刻，我得像個大人一樣地設法應付並且獨自解決問題。

我於是走回那家咖啡廳。該怎麼做呢？我想辦法在盡可能不移動雙腳的情況之下，倒退走了三公尺，因為怕血流得到處都是。我夾緊雙腿，緩緩、緩緩地走，像隻剛下蛋的鴨子，為了不讓蛋掉了，於是夾緊雙腿，可是蛋還沒從屁股掉出來。我進入咖啡廳，那個服務生看見我倒退著走路，問說：「小姐，你怎麼了？東西忘了拿嗎？」

「沒有，沒有，可是我不大舒服，可以借一下廁所嗎？」

「當然可以，就在裡面樓下的電話旁邊。」

我繃直雙腳，就像害怕東西掉下來一樣，一步一步、一階一階地走下樓，往廁所去。我關上廁所門，然後全都看見了。我甚至還用手摸了，完全不是開玩笑的，我的月經來了，真真確確地來了。

我並沒有開心，也沒有不開心，甚至也沒去想那是不是一件恆星級的事件，或是什麼什麼的。我只是想要找到一個立即解決清潔問題的實際辦法。於是拿起那一大捲的捲筒衛生紙，用它纏繞自己的上腹部、下腹部與大腿周圍，就像他們使用彈性繃帶一樣，用這一大條紙質的繃帶裹住自己，也因為用了整捲衛生紙，結果肚子、大腿和大腿之間變得又肥又大的。我不大清楚自己是怎麼在這種狀態下拉上牛仔褲腰帶的，也不知道自己走出廁所上樓時，整個人是什麼模樣。我覺得自己應該是一瘸一拐地走路，但是，得要去適應才是。

然後，我回到家了。

35

「她」回去她家了。

她把所有事情全都告訴了媽媽。她們稍微聊了一下，由於沒有什麼大事發生，她於是回自己的房間去。

她洗澡、換了衣服。

她整晚整夜體內都有這個東西。

隔天早上起床的時候，她又去換了。她還不習慣體內有這東西，對她來說，比其他東西還不方便，甚至可以說是困擾。那讓她有點痛，不過倒也不是真的痛，和受苦或是生病不一樣，而是另外一回事；是一種不常見的事。

她心想，好了，現在終於發生了，所以這一輩子，這個麻煩每個月會有三、四、五或六天在她的體內，跟著她。她很納悶，自己為什麼之前會那麼、那麼地想要它。

36

這天早上醒來的時候，我做了一個重要的決定：我決定不再寫這本筆記簿。

既然我現在已經是個女人——就算還不是一個女人，和以前相比，我已經不再那麼需要寫下自己所發生的事情，以及所有腦中的想法。

我知道什麼事都沒有真正改變，我自己也並沒有真正改變，可是很奇怪，就是不想再寫下自己的故事。我甚至不清楚要不要把這些全都說給朋友聽，或許我不會跟她們說我也來了。或許我不會像她們一樣誇耀，而我的做法應該會和她們的大大不同。反正呢，我的人生中還有其他比在朋友面前誇耀更重要的事情，比如照顧自己以外的人：那個人。而且我得去了解一下我爸媽之間接下來的發展，以及他們接下來要做的事情會如何改變我的未來——既然現在我們是一家人。

長久以來，我疑惑的是，為什麼月經會在我經歷過這些故事、麻煩、冒險與可憐的葛芬柯之死後到來。認真思考了之後，我對自己說，要是我們流血，是因為我們正在受苦——事實上呢，只有當我們受苦時，才有權利來月經，因為這應該有點像是某種補償。

當大家對你說他們因為受苦或是不幸所以心在淌血時，我猜想女人也是這樣的，每個月她們的雙腿間會流下從心淌出的血，好讓當月或是下個月所遭遇到的煩惱消失。

只是就算她們並不是所有的人都不幸福，那又怎麼樣，她們的心還是會在同樣的日子裡經由雙腿間淌出血來，這種系統真的很不公平。男人就比我們幸運多了，不過他們的心應該也會以其他的方式淌血。沒有理由只讓我們女人在人生中體會這個。我覺得男人也有月經，只不過他們身體會以不同的方式呈現，就這樣。我覺得每個人都會以不同的方式淌血。

總之，史黛芬麗的筆記簿就寫到這裡。或許有一天，我會再次打開來，但不會是現在。我花了許多的時間寫下這些內容，但這是因為我沒有別的事可做。找到適合的字詞真的很不容易，我從來就沒能真正清楚地敘述所有發生的事，而在這本筆記簿上，我可是花了很大的工夫，也為此耗費了許多的時間，有的時候，還甚至花上整整一個小時只為了寫下一個字。

我的筆記簿，我的愛哭鬼，暫時都結束了。我想我會變得沉默一點。我想要不再只顧自己，這就是我想做的。

不過我還是花了時間一口氣重新讀完自己所寫下的東西，我重新讀過了前面開頭我說想要停止現實，就跟電影院或是電視停止影像放映一樣的那個段落。我想我辦到了，但不認為那是可行的。我覺得那是不可能的事情，不過要是我們不嘗試去做不可能的事情，就會變成一個絕對平凡的人類，而我起碼可以確定自己永遠都不會是這樣的人！就算現在我和其他女人一樣會流血，我也發誓自己永遠都不要變成一個平凡的女人。

總之，我會去嘗試的。我知道寫下這些文字的時候，葛芬柯正從天上看著我，我也知道牠想要對我說，我有能力成為一個不平凡的人。

西蒙那隻貓還沒跟我說話。牠的年紀還太小了，我們也還不熟，需要花一些時間讓彼此熟識。愛，是需要花時間的。

國家圖書館出版品預行編目（CIP）資料

酸黃瓜巧克力 / 菲立普・拉布侯 (Philippe Labro) 著 ;
黃琪雯 譯 . -- 初版 . -- 臺北市 : 遠流 , 2020.06
面 ; 公分
譯自 : Des cornichons au chocolat

ISBN 978-957-32-8810-7 (平裝)

876.57 109007593

酸黃瓜巧克力

作者／菲立普・拉布侯
譯者／黃琪雯
總編輯／盧春旭
執行編輯／簡伊玲
行銷企畫／鍾湘晴
封面圖片／達姆
封面設計／ Alan Chan
內頁設計／ Alan Chan

發行人／王榮文
出版發行／遠流出版事業股份有限公司
地址：臺北市南昌路二段 81 號 6 樓
電話：（02）2392-6899
傳真：（02）2392-6658
郵撥：0189456-1

著作權顧問／蕭雄淋律師
2020 年 6 月 30 日　初版一刷
定價 新台幣 320 元（如有缺頁或破損，請寄回更換）

ISBN 978-957-32-8810-7

ylib 遠流博識網
http://www.ylib.com
E-mail: ylib @ ylib.com

Des cornichons au chocolat by Philippe LABRO